也许爱不是热情，也不是怀念，不过是岁月，年深月久成了生活的一部分。

无论是在哪里，懂得爱的人，注定会见识到爱情最伟大的奇迹，如彩虹贯空，五色夺目，闪耀在漫长又短暂的人生里。

我是不是你所有心思中最温暖的一段

《读者》杂志社 编

时代文艺出版社

图书在版编目（CIP）数据

我是不是你所有心思中最温暖的一段 / 《读者》杂志社编. —长春：时代文艺出版社，2016.12

ISBN 978-7-5387-5328-8

Ⅰ. ①我… Ⅱ. ①读… Ⅲ. ①故事－作品集－世界 Ⅳ. ①I14

中国版本图书馆CIP数据核字（2016）第270304号

出 品 人　陈　琛
产品总监　郭力家
出版监制　刘　峰
产品经理　姚　琛
责任编辑　姜程程
装帧设计　荆棘设计
排版制作　闻章天成

我是不是你所有心思中最温暖的一段

《读者》杂志社 编

出版发行 / 时代文艺出版社
地址 / 长春市泰来街1825号　时代文艺出版社　邮编 / 130011
总编办 / 0431-86012927　发行部 / 0431-86012957　北京开发部 / 010-63108163
官方微博 / weibo.com / tlapress　天猫旗舰店 / sdwycbsgf.tmall.com
印刷 / 三河市万龙印装有限公司
开本 / 710mm × 1000mm　1 / 16　字数 / 183千字　印张 / 16.5
版次 / 2016年12月第1版　印次 / 2017年10月第4次印刷　定价 / 35.00元

图书如有印装错误　请寄回印厂调换

爱情，不如你想象的那般脆弱，也不如你想象的那么坚强。若是存了一颗爱惜之心，这世上，便没有脆弱的东西。

想想看，在我们的一生中，有多少值得我们爱的人和事，有多少牵挂和不舍，尽管生命中也有那么多磨难和眼泪，但因为这些爱，就让我们好好活下去吧！

我想，世间有什么东西值得特别珍爱呢？就是时光不能改变的东西，就是人心沉淀下来的东西。

这凡尘俗世间有多少人，见识过多少悲情之事，然而，又有几人能将眼前的悲悯化作自己神圣的责任呢？

并不是所有的爱都可以在阳光下绽放，有些爱只能留在怀里，温暖那渐渐冷却的伤心。

这世上的爱有千百种，鲜花是为了夏日的充盈，雪花是为了冬日的洁白。

目录

我不喜欢这世界，我只喜欢你

在这世上，最稀罕的还是遇到理解

愿有人与你共黄昏，
有人问你粥可温

总是被爱着，却不曾谢谢你

因为被爱的人需要，
我们才变成更勇敢的自己

忘记了整个世界，
却从未忘记你

我不喜欢这世界，我只喜欢你

爱，和时间赛跑

〔美〕静然

我的好友 M 怀孕 7 个月，她为了保住自己在旅行社的职位，问我愿不愿意代替她工作一段时间。我来美国不久，很渴望接触社会，便毫不犹豫地答应了。M 的工作是接听电话、帮助客户安排旅游计划和回复电子邮件等。她给我一份她的客户名单，是她工作近两年积累起来的，约有 60 位。她再三关照我，要给这些客户最优惠的待遇。

一天，来了一位西班牙裔美国人弗雷多，是 M 的客户之一。他衣着不考究，鞋子边缘有一圈脏痕，我第一感觉他是个蓝领。果然，弗雷多说他曾在一家物流公司的仓库工作，刚刚递交了辞职书。我快速查阅了客户记录，发现弗雷多仅在前年圣诞期间订过一次短程往返机票，不是一个经常旅游的有闲人士。这次，他想去哪里旅行?

“今天是为我儿子来订票的，我辞职就是为了陪儿子旅游。”弗雷多平静地说，像个财大气粗的人。

“小姐，”弗雷多有些迟疑，“我要预订的行程，会很复杂，要麻烦你多多费时费心。”把复杂的旅游安排得妥帖，我喜欢这样的挑战。我自信地说：“我会做到您满意为止。”

“我的儿子今年 9 岁，他爱好体育运动，特别是足球。他是一个好孩子，可是 3 个月前……”弗雷多停了一下，接着，一字一顿地说，“医生诊断他患了严重的青光眼，视神经开始萎缩，不久将要失明。”弗雷多眼里流露出一丝痛苦的神色。我的心也打了一个冷战：9 岁，这么年少，怎么能接受失明的打击呢?

“你知道，小孩子患上青光眼，不痛不痒、不红不肿的，就像没事一样，只是看事物日渐不清楚。我们只顾工作赚钱，发现得也太晚了，我们做家长的对此是有责任的。所以我辞职了，我想用尽可能多的时间来陪我的儿子。有些人认为我不应该辞职，其实这些都不算什么，工作可以从头来……”

“听到这个消息，我也非常难过，”我说，“请告诉我，我们还有多少时间？您有哪些要求？”

“只有 4 个月左右，还要考虑因为旅途疲惫所需休整的时间，这可能会占行程的 30%。说实话，我和太太都喜爱旅游，但经济条件不允许我们游山玩水。这次，为了节约经费，我太太放弃了同行，就我和儿子两个人去。我们打算去欧洲的几个国家。我要带儿子去瑞士滑雪，之前我一直觉得这是等他再大一点儿时才可以做的运动。我要带他去澳大利亚看看世界七大自然景观之一的大堡礁，看看海底世界；我还要带他去看中国的万里长城。如果时间还有多余，我还想让他去看看别人是怎么生活的。为了节省时间，也为了我儿子的身体，我只能让他坐最好的舱位，这本应是他成年以后，靠自己的能力才能得到的享受，现在只能由我和我太太代做了。我希望儿子在他看不见之前，好好感受一下这个世界，看看世界各地的美景，看看别人的生活，希望他在以后的日子里仍旧能够感受到那些看见过的精彩。”弗雷多的眼里闪现出憧憬，但转瞬忧郁又折返回来。

“您真是一个好父亲啊！”我由衷地感叹道，“请给我一天时间。”

有一种爱，是要拿像生命一样宝贵的时间来做代价的。如此不寻常的旅程，一条需要和时间赛跑的最佳线路。弗雷多走了以后，我与有经验的同事商量，和 M 通了电话，所有的协作单位都愿意为弗雷多父子开一连串特殊的绿灯。

第二天，弗雷多就收到了旅行社专门为他和儿子设计的全程安排，他非常满意。

想着即将出发的两个人、两个骨肉相连的父子、两个热爱生活的人，在旅途中将有几多依恋、几多艰辛，我在心底默默地为他们祝福。

4 个月后，弗雷多和他儿子回来了。据说，他的儿子在旅行的最后几天已完全失明，最后一段行程是苦泪交加的日子。

世界上最好的女人

温莎林

山姆是我从前的一位美国同事，人高马大，身材魁梧，长着一张讨人喜欢的脸。他总是笑呵呵的，每天早上准时端着一大杯咖啡走进办公室，高声大嗓地向同事问好。他工作最忙的时候也不忘开开玩笑，在同事中人缘极好。他偶尔穿起西装，神气得像公司总裁一样，可以想象得出，他年轻时是很帅的。

他说，曾经想过一辈子都不结婚，可是在 35 岁那年，改变了自己的计划，因为那年，他遇见了现在的太太。

据山姆说，他太太认识他的时候，已经离过一次婚，对感情心灰意冷。山姆对她一见钟情，几乎是死缠烂打，追求了很久。求婚时，她说：“你不是认真的吧？”他说：“我当然是。”于是，他们认真了 30 年。他们在城市南郊一个绿树掩映的山坡上买下房子，自己动手整修，把一栋旧屋改建得生机盎然。

我认识山姆时，他已经白发苍苍，但是，和太太玩起情调来，绝对不输给任何一个年轻人。每年情人节，他和太太轮流坐庄安排活动，规定由一方全权做主，点子越新奇越好，另一方绝对服从。于是，他们曾经在夜半时分在大海上泛舟，曾经在最后一分钟踏上去加勒比海的游船，曾经在巴黎地铁上为了先去哪个博物馆争得不可开交，曾经订下旧金山最豪华的旅馆度过上千美元的浪漫一夜，曾经因为给太太买了辆古董汽车挨她的臭骂——她原以为他会去买钻石戒指。

我们问他觉得是否值得。他说，有些事情，做一次，一生都会记得，所以值得。

基于这些，很长时间里，我一直以为山姆的太太长得很漂亮。直到有一次公司聚会，他太太也来参加，亲眼看见，才发现她其实长得很平常，身材矮小，脸上有很多雀斑。山姆细心地为她把烤土豆的皮剥掉，放到她的盘子里，我们哄笑起来，她有些不好意思地微笑，有一种备受呵护的女人特有的风韵。

山姆离职的情形，我终生难忘。那一天，他站在我的办公室门口，请我出去一下，神色颇为严肃。在走道里，他告诉我，他得了癌症，即将开始化疗。我一下子愣住了，不知说什么好。他反而从容得多，拍拍我的肩膀，嘴边露出一贯的、老顽童式的笑容，说：“没事的。”就像每一次工作上面临难关或者公司裁员时他拍我的肩膀一样。

不久以后，他决定离职。他说：“无论如何，这辈子和她在一起的时间也许不多了，需要抓紧。”他的太太也毅然退休。他们卖掉硅谷的房子，迁到一个消费比较低的地区，打算在那里度过晚年。

最近一次联络，得知他的身体比以前好多了，治疗取得了进展，这个闲不住的人又开始蠢蠢欲动了。他的太太从前在航空公司工作，可以免费乘坐自己公司的航班，于是两人约定，等他的身体状况再好一些，就走遍那家航空公司能飞到的每一个城市，然后把见闻写成一本书出版。

“很多人说自己的太太是世界上最好的女人，其实，他们都是错的，因为，世界上最好的女人，几十年前就嫁给我了。”我至今还记得他举着大号咖啡杯笑眯眯说话的样子，满足得让人羡慕，羡慕他有这样幸福的心境，羡慕他太太有这样的老公。

乡村歌手 Brad Paisley 有首老歌，叫《两个人相爱》（Two People Fell in Love）。“当两颗心相通，没有什么奇迹不可能发生，我们的每一个选择、每一次呼吸，都是因为，有两个人相爱了……我很高兴，你爸爸难以抗拒你妈妈的魅力，于是有了你……”Brad Paisley 款款地唱道。

我想，爱是一朵坚韧而柔弱的花，需要用真诚去浇灌，用忠贞去养护。无论是在哪里，懂得爱的人，注定会见识到爱情最伟大的奇迹，如彩虹贯空，五色夺目，闪耀在漫长又短暂的人生里。

大船覆了黎明的清水

艾小羊

1937 · 荆州

杨桂菊是湖北荆州城东绸庄老板最小的女儿。杨家世代经商，分号遍布长江流域。位于汉口江汉路168号的分号紧临着汪家的绸缎铺，半个世纪后，杨汪两家家道均已中落。

天气炎热，蝉在枝头不安地聒噪。街上偶尔传来一两声枪响，据说日本人已打过了长江。杨家的左厢房里住着一支国民党军队。杨家每天吩咐厨房蒸两大笼馒头，煮上百个鸡蛋犒劳抗日英雄。吃饭时间，军人们聚集在院中，狼吞虎咽，只有一个人保持着成年人吃饭的优雅。

他身材高瘦，独自坐在一张方桌前，仔细地将鸡蛋皮剥干净，然后才很享受地咬下一口。

他叫李大佐，是这支部队的将领。

局势越来越紧张，不断传来消息，日本人所到之处，年轻女子被奸杀。国民党军节节败退，荆州可能失守。母亲说："这支部队里谁愿意娶你，你就跟谁去吧。"

杨桂菊望向院子里的李大佐，母亲顺着她的目光望去，叹了一口气说："让你爹去谈，成不成看你的造化了。"

当天晚上，杨桂菊便成了李大佐的媳妇。

第二天，李大佐提议去照结婚照。"要像《大公报》上登的那种，你的头上披块白纱巾。"李大佐比画着说，憨憨地笑。

1941·重庆

李大佐的右手被流弹削飞了一根小指。当他手缠绷带回家后，杨桂菊什么也没问。晚上，李大佐问："你咋没哭呢？""你又没死。"杨桂菊说。李大佐哈哈大笑。他喜欢这个已初为人母的年轻女子，22岁的华年，皮肤白里透红，在战火纷飞中依然保留了优雅与乐观。她不喜欢与太太们打麻将，坚持每天晚上在油灯下做女红。

那是他们相识后最祥和的一年。国民党在抗日问题上采取绥靖政策，李大佐大部分时间待在重庆的家中。他弄来了一辆半旧的自行车，在院子里教杨桂菊骑自行车。杨桂菊穿锈红色的棉布小褂、黑色布裤与浅色的绣花鞋。绸庄掌柜的女儿总能想办法打扮得与众不同。

杨桂菊坐在自行车座板上，李大佐在她身后紧紧抓住后座。自行车的车轮在泥地上画了一圈又一圈，终于，李大佐松开了手。在那个夏天的午后，杨桂菊骑着自行车在院子里飞快前行，头发上滴着汗珠，身上却蒸腾着热气。她像坐在一只梦幻的旋转木马上，一圈又一圈地在同一个地点经过那张熟悉而亲切的脸。他朝她笑，朝她挥手，朝她做鬼脸，他像一把刀，将快乐深深刻进她的心房。

1949 · 上海

1949 年，国民党将领纷纷开始了逃亡之旅。李大佐不敢把这个消息告诉杨桂菊，她每天晚上如婴儿般蜷缩在他身体的阴影中，很快便进入梦乡。他望着她的脸，她似乎天生就有一种强大的对于人生悲苦的遗忘功能。李大佐决定留下来，如果要死就死在她脚下的这片土地。

8 月 13 日晚上，没有月亮。她忙了一天，去街上买了葱油饼，卤了鸡蛋与五花肉。深夜，她打好了包裹。他惊讶地问：“我们要去哪里？”

“你走！”

他跳起来，本能地喊道：“不！”

她湿润的眼睛阻止了一切语言。

大船三更启航。他在黑暗里紧紧地抱着她。她闭着眼睛，如无数个他无法入眠的夜晚看到的那般安详。他以为她睡了，以为她什么都不知道，却不知她与自己一样，夜夜难眠。为着即将到来的分离，为着未知的命运。

她送他去码头。街道寂静得像一座公墓，她紧紧挽着他的胳膊，脚步“噼啪”作响地打在漆黑的路上。

他说：“我会想办法接你过去。”

她说："我知道。"

大船在黑暗中像一座不可逾越的高山。人们安静而迅速地走上船去。她推他，先是轻轻地，然后使劲地、拼命地、歇斯底里地将他往船上推。大船覆了黎明的清水驶向远方，他看不清她的脸。

她一个人走在来时的路上，脚步"噼啪"地打着微明的路。有一阵，她蹲下身子，眼泪滴在路面上一只早起的蚂蚁身上，蚂蚁受了惊吓，飞快地逃走了。人如蝼蚁，在强大的命运面前，逃生、逃生。

1959 · 荆州

杨桂菊是荆州第四纺织厂的厂花，尽管她已不那么年轻。这个新中国成立前大户人家的小姐、国民党军官的太太，保持了恰当的矜持与神秘。

每个星期至少有两次，她带儿女去厂里的公共浴池洗澡。她将湿漉漉的头发用白色毛巾绾起，站在浴池门口给女儿梳头发。女儿的头发又黑又长，她拿一把嫩绿的塑料梳子，轻轻地从上至下拉下来。邻居家的女儿被母亲用粗糙的木梳将头皮拉得生疼时，总是忍不住喊："你怎么不像李玉婷的妈！""她是大小姐，你妈是大老粗。"女孩儿被母亲呵斥着不再吭声。

至少有一千个人对杨桂菊说，李大佐再也不会回来了。偶有媒人受托来提亲，告诉她只要在报上登个启事，就能解除婚姻关系获得自由。她也不驳斥人家，只是微笑着说："若论英俊潇洒，这世间没有人能比过李大佐。"于是媒人便说她痴，英俊潇洒怎抵得过生活艰难。

1959 年的冬天异常寒冷。大饥荒已经初露端倪，即使拿着钱也很难再买到粮食。杨桂菊每天下班便骑着自行车去城郊，期望能遇到卖黄豆或马铃薯的农民。一日，她惊喜地看到附近的驻地部队正掩埋得了猪瘟奄奄一息的猪。

杨桂菊求那个年轻的战士给了自己一头病猪，驮在自行车后座上。当她骑着负重的车，歪歪扭扭地驶入黄昏，那个夏天的午后忽然不期而至，也是这样的情形，把不稳车头，车身左右摇摆。“加油！”李大佐说。他微笑的脸像一把刀，深深地刺进了她的胸膛。寒风中，杨桂菊开怀地痛哭。10 年了，她从未有过一次，这样尽情地、毫无顾忌地思念，毫无顾忌地流泪。她被现实推着一步步前行，走得太快，忘了过去。

杨桂菊将那头猪腌成了腊肉。在此后物质生活最为匮乏的一年中，她的孩子们因为能吃到猪肉而无比骄傲与自豪。

2008 · 武汉

父亲说，奶奶杨桂菊能活到现在是个奇迹。过了 70 岁，奶奶脸上的皮肤依然白皙紧实，偶尔她还会自娱自乐地绣一对漂亮的枕套，洁白的棉布底子上是大朵大朵盛开的牡丹。她始终保持着矜持与神秘，那张传闻已久的结婚照，央求多次她都不肯拿出来给我看。姑姑李玉婷说，奶奶是一个真正的贵族。

李大佐曾经被找到过，在台湾地区，已另娶妻室，并育有两子，于 1986 年病逝。这个消息令奶奶痛哭了整整 3 天。

隔了很长一段时间，我们才敢问她当初伤心究竟是因为他的死，还是他的另娶。“若论英俊潇洒，这世间没有人能比过李大佐。”奶奶答非所问。

“倘若别人想看你的笑话，你就一定要努力活得更好。人生好与不好，其实可以是自己一个人的事。”奶奶似乎从未后悔用一生去等待一个人，或许某种等待，久了，便成了信仰。而有信仰的人，终究会幸福一点点。

为爱一生只说“我愿意”

叶细细

她穿着鱼尾裙，有着珍珠一样光洁的肌肤，如海水般深邃的目光，但她的脸庞上没有嘴——是的，因为她不会说话，她把自己美妙的声音作为获得爱情的交换条件给了厄运的巫婆。

从 2008 年 3 月开始，去往美国纽约的游客，都会在临海公园里看到这座石雕。你千万别以为它是“海的女儿”的翻版，导游会提醒你道：“这座雕塑是艾弗尼吉小镇居民送给珍妮和她的丈夫的特殊礼物，他们的爱情故事拥有比童话更美好的结局。”

1978 年 1 月初的一个黄昏，艾弗尼吉小镇的女孩儿珍妮端着一盒自己制作的“泡沫蛋糕”来到邻居家，将蛋糕送给萝丝太太品尝，同时跟她商量自己的结婚事宜。婚期一天天逼近，珍妮的心里充满了甜蜜的期待。

珍妮与萝丝太太说着话。随着窗外清冷连绵的冬雨越下越大，她的心情明显晦暗起来。斯蒂夫开着破旧的老爷车去城里购物，按说早该回来了，但愿他不要出什么事……

小镇医院突然打来电话，斯蒂夫出车祸了，需要做截肢手术。放下电话，珍妮冲进雨里。在医院急诊室，珍妮看见了斯蒂夫，因为麻醉剂的作用，他还未苏醒。珍妮亲吻着他苍白的面容，手指轻柔地抚过被单下他刚做过截肢手术的下半身，那儿已经空了。

斯蒂夫醒来后，对珍妮说："我们解除婚约吧！"他的语气坚决而冷漠。珍妮知道，斯蒂夫是不想成为她的累赘。他虽然安装了假肢，然而因为脊椎受损，他这一生将与轮椅为伴。

珍妮试图说服斯蒂夫改变决定，她回忆二人青梅竹马的童年往事，初恋时令人怦然心动的海誓山盟……然而，无论珍妮怎么努力，斯蒂夫执意将自己封闭在无边无际的绝望之中，甚至不再见珍妮。

几个月后的一天，斯蒂夫独自坐着轮椅去镇医院复诊，意外地看见了掩面而哭的珍妮从医院走出来，她一定发生了什么事。斯蒂夫摇着轮椅悄悄追了上去，一直跟踪到小镇西郊的海滩上，他远远地看见珍妮停下了脚步。

差不多一个月没见了，珍妮消瘦得像朵失去了水分的花。看见轮椅在沙滩上碾出的两道印痕，珍妮发现了斯蒂夫，她默默地将手中的病情诊断书递给他，上面写着"喉内肿瘤"。病理化验虽然是良性，但必须做切除手术，而手术会破坏声带，也就是说，手术后的珍妮将不能发声说话。珍妮低沉地说："你提出分手是对的，我们都是残缺不全的人，不配拥有完美无缺的爱，生活永远不会像童话那样。"

一阵海风轻轻吹到了斯蒂夫脸上，他感到刺骨的寒冷。这一刻，他才发现自己是如此深爱着这个女孩儿。他的心里一阵阵刺痛，他轻轻拥着珍妮说："别难过，等你做完手术，春天的花就都开了，那时，我们就结婚，好吗？"

珍妮的身体轻轻颤动，这正是她一直等待的那句话啊，这句穿越命运悲欢的爱情誓言，终于抵达她的心灵深处。斯蒂夫还答应珍妮，他会在他们未来的家里做好结婚的一切准备，他知道珍妮喜欢缀满小碎花的餐台布、满屋子的鲜花……

手术定于两周后进行，珍妮说，她要到纽约市的大医院做手术。由于斯蒂夫行动不便，他留在家中。临行前，珍妮对斯蒂夫说，她要在失声前说最后 3 个字："我愿意！"那将是举行婚礼时珍妮回答神父的 3 个字，可是因为手术后她不能发出声音了，她要提前把这 3 个字郑重地告诉自己的爱人。

手术很顺利，复活节的前一天，珍妮从纽约赶回了小镇。婚礼那天，人们都说珍妮是最美丽的新娘。她身着鱼尾裙式样的婚纱，仿若"人鱼公主"。当神父问出神圣的话语："珍妮，你是否愿意嫁给斯蒂夫为妻，无论顺境或逆境，富裕或贫穷，健康或疾病，快乐或忧愁，你都将毫无保留地爱他，对他忠诚直到永远？"

刹那间，人们屏息静气。珍妮努力张大了嘴巴。斯蒂夫和神父以及在场的所有人仿佛都听见了那 3 个字。是的，那是珍妮的"声音"，她一次次努力张着嘴巴，虽然没有声音，但大家都明白，她在说"我愿意”。

婚后，斯蒂夫和珍妮开了一个家“童话蛋糕店”。珍妮做出美味的糕点，斯蒂夫负责出售。珍妮不能说话，但她制作的蛋糕分明让顾客品味到了她浓浓的爱意，谁都能看出她和斯蒂夫的幸福。每到傍晚，他们就会到美丽的海边散步。

5 年过去了，两个人争执过一次：珍妮想扩大小店规模，斯蒂夫坚持用积攒的钱为她买了一架钢琴。在星星闪烁的夜晚，夫妻俩长久地坐在钢琴前，他们的手指在黑白键上跳跃。一曲终了，他们沉默下来，目光交织，心灵在交谈。

20 年过去了，每年斯蒂夫生日时，珍妮都会推着轮椅陪他去海滩；她生日的时候，斯蒂夫会为她朗诵《海的女儿》。

结婚 30 周年纪念日快要到了，斯蒂夫计划请一些朋友共同庆祝，他在家里翻找老朋友的地址，找了很久都没找到。就在他要放弃之时，看见箱底压着的一张枯黄的纸片，是珍妮的诊断书，他在上面发现了一行字：医院误诊记录。

那天晚上，二人没有去海边散步。斯蒂夫将这张诊断书递到珍妮的面前，珍妮没有否认，她用手势“说”出了真相：当时，她接到了医院的诊断书，以为自己会失去声音。那天她遇到了斯蒂夫，还听到了他的求婚。那一刻，她那么开心，她甚至认为是上帝要让她用声音来交换一辈子的幸福。有了斯蒂夫，她觉得即使失声也不是一件多么可怕的事情了。可是当她去纽约做手术时，得知“喉内肿瘤”是误诊。她犹豫了，她害怕这个更正的结果会让爱情长了翅膀飞走，因为她太了解斯蒂夫了，他是不愿意让完美无缺的她守在自己身旁的。

珍妮确信，正因为她有了“缺陷”，才能让斯蒂夫克服残疾带来的自卑感，重新唤起他的自信。她毫不犹豫地决定像“海的女儿”一样向厄运巫婆祭献出声音！她没有做手术，她的发音器官没有任何问题，但是这么多年，她始终不再开口说话，她已经习惯了，30 年里她一直用沉默诉说着“我愿意”的爱情真谛。

当珍妮又一次向丈夫说出“我愿意”的时候，斯蒂夫早已泪流满面，他说：“爱，其实是一件很简单的事情，有时候就是 3 个字‘我愿意’！”

2008 年初，被珍妮为爱而牺牲的精神打动，艾弗尼吉小镇居民还自发凑了一笔钱，在临海公园造了一个雕像。石雕刻成了珍妮的模样，上面雕刻了一行字：她是一个平凡的女子，她做了一件不平凡的事情。小镇因此名扬北美，许多游客慕名来到临海公园看石雕，听导游讲述真实的童话故事，然后，他们会问自己：“你愿意承诺吗？无论顺境或逆境，富裕或贫穷，健康或疾病，快乐或忧愁，你都将毫无保留地爱他（她），对他（她）忠诚直到永远……”

也许这爱情太平常

陈麒凌

他年轻的时候真的很帅，尽管她从来不肯当面称赞他。

他浓黑的眉，炯炯的眼，肩膀很宽，走起路来带风。他穿着蓝色的上衣，军绿色的帆布包斜挎在身上，走起路来手臂还一甩一甩的。

他上台演出，唱《毛主席万岁》，激昂热烈，可是高音的地方没唱上去。

她的眼睛一直跟着他，是好奇吧，因为有人说，小谭，那个人是你老乡。

她一直不大明白自己的心思：这以后对他的注意和注视，是因为老乡的亲切，还是因为一开始她就喜欢他？

那是1971年，在几近中国版图的最北，黑龙江省北安市二龙山农场。

他和她的家乡，却在几近中国版图的最南，粤西南。

老乡，这是一个多好的理由！从什么时候开始的呢，他开始来她家，说是找她父亲，却当着她的面劈柴、挑水、喂猪，不仅仅是勤快，活儿还干得漂亮。

他那时在农场食堂，晚上来的时候，常会捎几个新蒸的馒头、一小块新鲜的猪肝，用报纸裹好，藏在大衣里。那些寒冷的冬夜，他递过来的纸包带着体温，她一直记得。

他们没有什么交谈的机会，她的父亲很严厉。她只是静静地坐在角落里，手上做着毛线活儿，耳朵却张着。她不想他走，又盼着他走，因为只有在他走时，父亲才会说："去送送你陈哥。"

雪在脚下被踩得嘎吱嘎吱响，话很多，路程很短，好像来不及说什么，好像什么都还没说——她不敢耽搁太久，怕父亲会骂。

他第一次送她礼物，就是在这路上，还是从大衣里掏出来的，带着体温的小玩意儿。他的双眼在夜色里闪动着说："给你的，我自己刻的。"

那是一枚精巧的印章，黑色的牛角材质，雕刻成一座山峰的模样，上面有石、有树、有亭子，跟活的似的。印章底部刻着毛主席的诗句：无限风光在险峰。

她不禁呀地叫了一声，心里满是崇拜，说道："陈哥，你手真巧！"

他的手的确是巧。结婚的时候他们没买家具，家里的沙发、立柜、写字台都是他自己做的。他把自己的热情和聪明倾注在家里的每个细节上，甚至一个小闹钟，他也特意造了个木头钟楼，上面涂了橙黄色的油漆。

他第一次约她出来，无处可去，漫山遍野的雪，天真冷。他便带她去食堂的锅炉房取暖，炉火熊熊地烧着，空气中是松木燃烧的香味，她不敢看他的眼睛。

他们这样就算是恋爱了——那个时代的爱情，即使蕴藏无限，也只能是微风细雨。

他很在乎她，又没法确定她的心，就冒充别的追求者写信试探她。她没理睬，他暗暗欢喜。

他拿给她看他写的情诗："为什么你不明说／你的沉默为我／倘我猜的是错／我愿远远走开／不让你有一分难过／假如冬花须入暖房／我宁愿和霜雪在一起。"她红着脸看了，不语。他以为她在感动。谁知她说："陈哥，这——这不是《小城春秋》里的吗？这个——我看过呀。"他大窘，只好嘿嘿地笑。

他们的爱情并非没有阻碍，她父亲就是一个。父亲嫌他脾气不好，怕她受气。她从小到大什么都听父亲的，就这件不肯。她单纯却又执拗，认定了他，一辈子就只要他。1971年年底，考验她的时候来了。

他突然被人抓走了。原因是他给人刻印章误用了字，罪状可大可小。他被关在小号里，谁也不知道要关多久。

那也许是他一生中最黑暗的一段日子了，他自暴自弃，以头撞壁，心想这辈子完了。

她在外面又急又乱，他们不许她去见他，身边的人都逼她和他划清界限。每一天，都漫长如年。

她偷偷哭了多次，怕是怕的，担心还是担心，可心里的主意很硬。

她擦干眼泪给他写信，知道那信要经过很多关卡才能到达他手中，所以写得很庄严。只在最后，用了全部的心意，写下短短的一句：我会等你。

说真的，当时她真的不知道要等多久。三年？十年？她做了最坏的打算——一辈子？咬着嘴唇，她想，那也得等。

六个月之后，他被放出来，身体虚弱极了，连骑自行车都会摔倒。但他很紧很紧地拉着她的手说："我会好好照顾你，我会让你一辈子幸福。"

1972 年 11 月 28 日，他们登记结婚。1974 年，他们的第一个女儿出生时，恰是正月里，大雪封山。他把火生得旺旺的，她肚子开始疼了，他还拼命给她讲孙猴子的故事，一心想把她逗乐。

除了脾气有点儿大，在她眼里，他几乎是完美的。他那么聪明勤快，什么活儿都难不倒他，只要他在家，她就闲着去吧。烧炉子、挖菜窖、砌砖房，蒸花卷、烙饼、炒土豆丝，写对联、画画、修半导体，甚至裁布料、踩缝纫机，他都干得像模像样。冬天来了，他会在院子里凿个晶莹的小冰雕；过年了，他就糊个红彤彤的大灯笼，高高地挂在门前，风一来，灯笼转，上面画的马啊龙啊，也栩栩如生地动起来。

她夸他，他便有点儿骄傲，总说："大傻瓜，你怎么那么笨呢，让我来吧。"她不介意被他说笨。"笨就笨嘛，你聪明就行了。"他一辈子都这么说她，也一辈子这么宠她，宠得她真的笨起来：她四十多岁才学会骑自行车，六十岁的时候才学会换煤气阀。有他在，她什么都不用费心。他去哪都带着她，一前一后的。她从不费心思认路，他属马，她就总说他是老马识途，有他领路，她一万个放心地跟着。

路上的风沙雨雪，他挡着，她怯怯地躲在他身后。她的性格始终没大变，老了还带着少女的气质，孩子们都说那是老爸惯的。

其实她也不总是那么弱的。那年冬天，孩子才一岁多，分场抽调他上山伐木。这个抽调其实不大公正，因他平日耿直敢言，得罪了个小队长。那里的冬天多冷啊，零下四十多度，冰天雪地，她不能看着自己的男人受委屈。她抱着孩子，踩着厚厚的雪，深一脚浅一脚地走到场部。见了场长，把孩子往桌上一撂，带着点儿撒泼的劲儿，不走了。场长忙问为什么，她说："我男人不在家，没人生炉子烧炕，我们娘俩快冻死了，今晚就在这儿过了！"场长赶紧打电话到分场："喂！你们那儿有个带孩子的女同志，她男人昨天上山的，家里没人烧炕，马上把人叫回来！"

他赶回家的时候是夜里，一进屋就抱住了她们。他的怀抱很大，他喜欢把她和孩子一起抱在怀里，紧紧地，用带着雪星儿的胡楂儿扎她们的脸。孩子给扎哭了，她笑了。

这样难忘的拥抱在她的记忆中有无数次。1985 年，她带着两个孩子返乡，从最北到最南，几千公里。他在广州火车站等，此前他们已分别六个月了，那可是婚后从没有过的漫长。火车才停，他就心急地沿着车窗去找，一个一个窗口张望。孩子们惊喜地叫爸爸，他快乐地把女儿从窗口抱出来，一个一个地，最后是她，然后站成一圈，他张开大大的怀抱拥她们入怀，紧紧地，久久都不松开。1987 年，他从枣阳出差回家，她正带着孩子们在山上扒草，他放下行李就去找老婆孩子。她看着他从山下一路跑上来，脸上都是汗，却是笑着张开大大的怀抱，把她和女儿们拥紧，再拥紧。

他们的物质生活一直不大宽裕，但他给她的，是自己所能给的全部。1976年，他患急性肝炎，医院给他开了一盒葡萄糖。那是物资匮乏的年代，糖的甜味是多么稀罕。他舍不得独享，把针剂里的葡萄糖一点一滴地掺进面粉，烙了糖饼给她吃。那点点滴滴的甜味，就像他给她的幸福，也许平淡微小，却点点滴滴渗进了她的生命。

他人生的一大快事就是把赚来的钱交给老婆。他们清贫过、小康过，也困顿过，但无论他赚多赚少，都会一股脑儿交到她手里。她回娘家数日，他帮人择良时进宅，得了五十元的红包。他都舍不得拆封，直到她回来，才笑吟吟地从怀里掏出来说："婆仔，上缴国库！"

他开始叫她婆仔，是他们有了孙儿之后。在粤西方言里，这称呼是带点儿怜爱的亲昵。他有时也叫她"大傻瓜"，她却一直叫他老陈，结婚之后就这么叫。那时他还没老呢，叫着叫着，他真的老了，她也老了。这大半生，他奔波、坎坷、劳苦，结果却不能算得志，至少他这么认为——他给她的幸福还不够。

她知道他心里有结。春日里她央求他去兜风，他开着摩托车，她坐在车后座上。郊外的新稻入眼青青，她迎着风大声说："老陈，我很开心，你听到了吗？"他点头，她更大声地说："咱们好好过日子，好不好？"他微微侧头看她，说："好。"

那以后，他似乎真的安下心过清闲的日子了。他打太极、练书法，还在附近的荒地上依山垦了片菜园。她喜欢种菜、种瓜，他就想方设法把那儿变成乐土：破竹扎成篱笆，栽上香蕉、木瓜，沿着山坡凿一溜土梯上去，在半山坡种上玉米。他怕她取水远，就地开了一口小井；怕她有急不便，还搭了个有门有篷的简易洗手间。这是他送给她的礼物，她乐在其中，流连忘返。他常常煮好了饭来叫她："婆仔，吃饭咯！"这时她才依依不舍地回家。他天不亮就起床，等她吃了早餐来菜园时，他已给菜园淋了一遍水。清晨的太阳照着，碧绿的菜叶攒着水珠，亮闪闪的。他知道她腰不好，连浇水的活儿也不许她干。

也有吵架的时候。他脾气大，年轻时冲动，吵了架怕她负气出走，总把门锁了等她消气。中年时为了生计他常常要远行，每次都难测归期，舍不得她，又怕别时伤感，所以总在动身之前找楂儿吵架，好像吵狠了几句，心会变得硬些，过后再写信道歉。老来心境平和，近年他们已经很少争吵，但有段时间他的脾气突然变坏，经常无故骂人。她知道他有糖尿病，虽然有时也生气，却并不真的计较。只是她没想过，他无理取闹是因为一种预感——远行的时候到了。

他入院，开始以为是肝炎，吃两剂中药就行了，她没当回事，他整天吵着回家。谁知情况急转直下，十天后回家时，他连坐的力气都没有了。医院下了病危通知，医生说没办法了，她还不信。他要回家，她说，我们回家就好了。

她没日没夜地守着他，不停地说许多许多话。她说："老陈，我们的玉米熟了、木瓜黄了，你想不想吃？"他点点头。她说："菜地很久没淋水了，怕是都旱了。"他虚弱地挤出一句："等我好了淋。"她说："老陈，你不会死的对不对？你答应我！"他说："我不会死的，你放心。"她顿了顿说："我对你好不好？"他又点头。她忍住汹涌上来的泪说："下辈子还要不要我做老婆？"他笑了，说："要。"

之后他就昏迷了，说胡话，认不得人，连她也不认得。却有一晚短暂的清醒，那时她和女儿们都围在他身边。他突然伸出很瘦的手来，挨个地去摸她们的头，反复说：“人啊就是天边的远来客。”这句算是道别吗？她不肯听，哽咽着追问：“你答应我不会死的，你说话要算数。”他的手停在她的头上，他笑了说：“算数，大傻瓜。”

他没能说话算数。

临行前，她用柚子叶给他擦洗身体，怕眼泪落在他身上他会去得不安，她擦一下背转身拭一把泪。她给他刮胡子，手不停地抖，刮破的地方慢慢渗出血珠，她说：“对不起了，老陈。”

她看着他躺在冰凉的板上，一口气迟迟不肯咽下，就求人给他铺层棉被。主丧的师傅说，人就要去了，用不着了。她哭着喊：“他会冷的！”

最后那刻她在他身旁，轻声地说：“老陈，你去远游吧，放心去吧，什么都不怕哦，我们梦中见，来世还要做夫妻啊！”

他那时已经没有知觉了，却从眼角缓缓地、缓缓地流出一滴泪。

2008 年 11 月 21 日，他走得那么急，差七天就是他们结婚三十六周年纪念日。

他去后的第二天，治丧的亲戚们上楼吃饭，她执意守在灵前，睡意蒙眬中似乎听到他在叫：“婆仔，吃饭咯。”她猛地醒来，眼前空荡荡的，她痛哭应道：“我没有伴儿啊！”

入秋以来天一直旱。许多天后，她想起了他们的菜园，强打起精神，她对自己说，明天该淋淋水了，那些菜是老陈种的。

那晚，悄悄地下了场小雨。

早上她来到菜园，推开竹篱笆门，停住了。清晨的太阳照着，碧绿的菜叶攒着水珠，亮闪闪的，跟他在的时候一样。

雪地里的迎春花

一路开花

一

母亲躲在一片茂盛的玉米地里，将欢腾着路过的我一把搂在怀里。我吓坏了，愣愣地看着她。她故作神秘地将一个沾满黄土的罐子递给我，眨着眼睛说：“虎子，给你爸送去，就说这水是你帮他从山里舀来的。”

我将陈旧的水罐抱在怀里，一只手迅速地向母亲摊开。她从口袋里摸索出两个硬币放到我掌心里，然后潜伏在绿叶深处，目送我离去。

很长一段时间我一直不明白，如此短暂的路途，母亲为何不亲自将水送到父亲手里？当然，我不曾当面问过母亲这样的问题。

炎炎的烈日下，父亲只要瞥见了我，便会不顾一切地放下手中的板锄，将我抱在怀里，一遍又一遍地问："虎子又给爸爸送水来了？虎子今天去哪儿打的水？"

我仰着面，安躺在父亲怀里，镇定自若地把母亲先前所说的话复述给他听，看他展眉，用坚硬的胡楂儿扎我，咯咯地笑。这时，我相信母亲一定在暗处注视着我们，只是父亲从来都不知道。

后来，听隔壁邻居闲谈，才知道母亲不去地里劳作的原因。

生我的前一天，山野里飘起了鹅毛大雪。母亲为了省钱，提议就在村里生。父亲死活不答应，嫌不够卫生，怕沾染恶疾，于是将她抱上了门前的木板车。

山路多长啊，纷纷扬扬的雪花飘洒在破旧的棉被上。父亲一面走，一面用粗糙的大手帮母亲拂去雪花。

母亲在县医院顺利地生下了我。但从此，她再也不能下地干活了。这个在旁人眼中看似无关紧要的后遗症，对于父亲来说，却丝毫不亚于晴天霹雳。

从此执拗的父亲再不让母亲干农活。他愧疚地以为，是自己当年的固执——硬驮着母亲赶路，才让母亲落下今时的病症。

二

我十岁那年，父亲终于决定外出谋生。他说，村里的男人大都出去了，他也得出去挣点儿钱，以后让我进城念好学校。他说这些话的时候，母亲正倚在门上，用破旧的头巾兴高采烈地扑打着灰尘。

听着父亲的高谈阔论，母亲的动作变得越来越慢。她心里知道，父亲如果不出去，此生都是有遗憾的。父亲出去的目的，其实并不仅仅是为了我以后的前程，更多的是为了慰藉一个男人的梦想。村里几乎所有的男人都已经出去了，看过了外面精彩纷呈的世界，也为他们的家人带来了城市里的商品。唯独我的父亲没有。他整日守着我与母亲，还有那片宽广的黄土地。

母亲没有阻拦他，默默地进屋帮他收拾行囊。父亲和她说话，她也只是勉强地笑笑。她不想让父亲看出她的伤悲。

父亲走的那天，母亲没有出门送他。我以为母亲并不在乎父亲的走与留。殊不知，我却在午后的玩耍中，偶然看到了蹲坐在玉米地埂上的母亲。她独自默默流泪，身旁还有一罐昨日外出时打好的泉水。

面前的母亲和一个时辰前与父亲笑着告别的母亲，俨然判若两人。我捧着那个陈旧的水罐，站在灰蒙蒙的天际下，审视父亲劳作过的土地，泪如泉涌。

三

父亲回来的那天，隔壁邻居都过来看了。母亲死活不说话，直到父亲从兜里掏出一枚精致的黄色发卡展现在她眼前时，才咯咯地笑了。

我认识，那是一朵多么漂亮的迎春花啊！黄色的蕊，黄色的瓣，如同一只翩翩起舞的蝴蝶。父亲将它插入母亲的发际，用手指一按，咔嗒一声，它便定住了身形。母亲欢喜地进了厨房，只剩我和父亲在门前吵闹。

我能看出，母亲的心里是欢喜异常的。对于父亲，她从来没有过多的要求。从我记事起，她就隔三岔五地叮嘱我：“你爸这辈子为你吃了那么多苦，以后长大了，一定要好好孝顺他，知道吗？”

我的回答总是令她满意的。但是后来想想，竟有许多不明之处。譬如，她从不曾要求过我以后要好好地孝顺她，似乎在孝顺这件事上，她情愿让我将全部的爱，都转移到父亲身上。

没过几天，父亲又回到城里去了。这次，他要去很长时间，春节才回来。其间，他给家里写过两封无关痛痒的信。他说，自己在一家公司里帮忙搬运，货物虽不重，可都是高档货。因此，按提成来算，很能赚些钱，叫我和母亲不要担心，照顾好自己。

那两封简短的信，不识字的母亲硬是让我念了许多遍。而她每听完一遍，都要在地埂旁坐上很长时间。

春节前，母亲收到了父亲的汇款。经过一夜的深思，母亲最终决定，带我坐上书记的车，去城里添置些东西，好给父亲一个惊喜。母亲买了一条男式羊毛围巾，两张年画，和一个很大的二手衣柜。母亲说，这种衣柜放在家里够气派，父亲很早以前就想要了。

衣柜有了，可搬运成了问题。母亲干不了重活，而我又尚年幼。因此，只能花一点儿工钱，去桥头雇个工人，帮忙把衣柜搬上书记回程的汽车。

桥头的工人可是真多啊，躺的躺，坐的坐，密密麻麻的。前头的几个老练的小工一看到我和母亲，便迅速起身围了过来，不停地问：“要不要工人？”

母亲不理会他们，慢慢往里找。她想，可得找个壮实一些的。这样，不但不会把柜子磕坏，还只需付一个人的工钱。

寻思间，一个声音粗犷的男人对着密集的小工厂打趣道：“嘿，是不是又来老板了？找我啊，我力气可大呢，庄稼人，不偷懒儿！”

母亲迅速拨开人群，朝发声的位置看去。不远处的空地上，赫然坐着一个头发蓬乱、衣衫褴褛的男人。我看不清那张黑黝黝的脸，只是他手臂上特有的疤痕让我辨认出，他便是我的父亲。他在见到我与母亲的一瞬间，惊慌失措地捂着肚子往里跑，似乎是急着上厕所。

母亲没有叫他，只目不转睛地看着那个熟悉的背影渐渐消失在视野里。母亲想，如果她在此刻硬拉住父亲，询问他信中所说内容的话，一定会深深伤害父亲的尊严。于是，她坚强地扭转头，随便指了一个在旁的男人，然后拉着我飞也似的向前奔去。

我气喘吁吁地抬头，想要母亲慢些，却看到簌簌滴落的热泪打湿了那条新买的羊毛围巾。

四

父亲出事的那天，母亲正在门前扫雪，一个神色惊慌的男人从马车上跳下来说："不好啦，不好啦，虎子他爹出事了！"

母亲跟着那个矮小的男人上了马车。

村里有人说，父亲是在搬运家具的时候出的事。楼梯上的水结了冰，太滑，父亲一时没有站稳，摔了下去。那张一百多斤重的八仙桌，便毫不留情地砸向了他的身体。此后我整夜整夜睡不着觉，想着父亲摔下楼梯的情景。

父亲终于还是没能被救活。抬棺那天，母亲盘起了头发，然后将那朵柔黄的迎春花缓缓地插入了发际。我没有哭，母亲亦没有。

亲朋散去之后，我和母亲默默地收拾家里的残局。洗碗时，她捋着蓬乱的头发惊呼："我的发卡呢？我的发卡呢？"

当夜，母亲硬拉着我，在漫天的大雪中，寻找父亲送她的那枚黄色发卡。我从来没有见她如此疯狂过。印象中，她一直都是那么安详、内敛而又矜持，从不善于表达心中的情感。

大雪呼啸着席卷了山野。我和母亲趴跪在冰冷刺骨的雪地上，一步一步顺着掩埋父亲的方向找寻而去。

母亲的发卡真的丢了。我当时极为不悦，不明白母亲为何如此看重一个普通的发卡。父亲早亡，她不曾哭泣，如今却在惨白的雪夜里，为一枚发卡哭得没了声息。

时光荏苒，我终于渐渐明白，当年的那枚发卡已不仅仅是一个简单的饰物，它是一种念想，亦是母亲对苦难的父亲唯一可寻的情感寄托。

当雪花再度悄然覆盖了村庄时，我已不觉寒冷。因为我知道，在这个白雪皑皑的世界里，一定有一枚温热的发卡，在寒冬的深处默默地守护着一朵柔黄的迎春花。

和你在一起

素猫

一

感谢今年夏天的那场暴雨还原了真相。

7月26日，我从出差地北京回广州。因为没买到直航的机票，又要赶着回去上班，我选择了在长沙中转。

傍晚时分，飞机迫降在长沙。从长沙飞往广州的飞机，等了足足3个小时，依然没有起飞。外面暴雨如注，我决定干脆先不走了，回家看看老妈去。

到家时，担心老妈已经睡了，我直接掏出了自己的钥匙开门——

2005年去广州工作之前，老妈特地嘱咐我要带上家里的钥匙。她说，人在外面漂着，有把家里的钥匙，心里就踏实。

一个人在外面又苦又难觉得再也混不下去的时候，我就想想老妈的这句话，像她说的，怕什么，大不了就回家。

钥匙塞进锁孔，轻轻旋转，我推开了门。可是，我的一只手却停在了脱鞋的动作上。房间里没开灯，电视早已没了节目，只余下没有声息的雪花点在屏幕上闪动，灰白夹杂，正映着对面沙发上沉沉睡去的老妈——她蜷缩在沙发上，脚上的拖鞋掉落了一只，还有一只半挂在脚上。曾经年轻的她总是要揽着我的肩膀，带点儿嘲笑地指指我的头顶，还够不到她下巴的位置呢。她怎么一下子就变得这么瘦小单薄了呢？

屋里潮湿又黏腻，大概是出了汗，她的衣服紧紧地贴在身上。一切都静悄悄的，只有墙壁上那只模样老旧的石英钟在走，滴答滴，滴答滴，滴答滴……

我重重地吸了一下发酸的鼻子，她惊了一下，转过身来。看到我意外出现，她半错愕半高兴地对我说，怎么招呼都不打就回来了，接着慌里慌张地趿拉上拖鞋，走过来接我手里的东西。

有些疑问溜到了嘴边，又被我咽了回去：就在我上飞机之前给她打电话时，她还在电话那头兴高采烈地对我说，她今天刚去泡过温泉，晚上准备舒舒服服睡一觉。很明显，她没去泡温泉，是没成行，还是根本就没有这个计划？

我心里的疑问还有很多。

二

给爸爸料理完丧事，我不顾妈妈的劝阻，把她接到广州住过一阵子。那时候，我跟肖勇恋爱一年多，我们租住在天河区一套一室一厅的房子里。

我和肖勇工作都很忙。我怕老妈无聊，特地装了有线电视，还硬塞给她500块钱，让她去跟小区里那些老太太们一起搓搓麻将。

有天下午，我采访时崴了脚，跟主任告了假回家。还没走到小区的小花园，就听到一帮老太太们把麻将搓得哗啦响，间杂着笑语欢声。我想，老妈这下找到组织了。可是当我走近，转头望向那个小花园时，发现老妈正一个人坐在角落的排椅上，望着几株扶桑花发呆。

我走上前，拍拍妈妈的肩，这时我才发现，她怀里正抱着爸爸的遗像。我想说点儿什么缓和一下气氛，但是，话却卡在了喉咙里。从那之后，再有需要加班的采访，我尽量跟主任告假。这样的情况多了，我开始明显感觉到主任的意见。而工作量的减少带来的最直接影响就是，我那个月的收入从七八千元一下子减到了两千多。

起初，肖勇对放在客厅里的遗像没有什么表示，但是一个半月后的一天，他似乎是鼓足了勇气，又欲盖弥彰地指着放爸爸遗像的博古架位置说：“小娟，你说要不要在这里放一盆绿萝啊？”我狠狠地瞪了他一眼，同样欲盖弥彰地放大了声音说：“不行！”

我不知道是不是这件事最终促使老妈离开了广州。总之，一周之后，老妈回了株洲，临走前，她还给了我2000块钱，我给她的那500块钱就在里面，原封未动。

老妈再也没有跟我们一起住过。不过，自从从广州回去，她倒好像变了一个人似的。电话打过去，不是和朋友在附近爬山，就是正在朋友家聚餐，又说要跟随区里的老年模特队去大连表演。每次听到她在电话那端快活的声音，我的心一下子就晴空万里。她说，她现在想开了，该吃吃，该喝喝，要把以前亏欠的日子给补上。我举双手表示赞同。

可是，在这个因大雨滞留的夜晚，我在床上辗转反侧，老妈的生活真的像她所说的那样吗？

三

第二天一早睁开眼，我最爱的牛肉粉已经买回来放在桌上。

“吃吧！”她给我打包，“时间太紧，没什么可给你带的。”她装了一兜干汤粉，又装了一袋子豆丝，都是我爱吃的土特产，把行李箱塞得满满当当的。

出门的时候，她说：“不送你去车站了，今天我忙着呢，约了老朋友们去跳舞。”

我给她打电话说：“走了。”她嗯了一声说：“走吧。”

9 点多的时候，老妈从小区里走了出来。隔着几十米的距离和人群，我偷偷地跟在她的后面。是的，我没走，我改变了我的行程安排，我只想弄明白她的一天究竟是如何度过的。

10 点，她去了菜场，花了大半个小时在菜市场里转来转去，最后买了一小把青菜。出了菜市场，她就径直去了江堤公园。早上的江边，风猎猎的，老妈就坐在江边的木头凳子上，看着老年舞蹈队的人跳舞，吃随身带着的苹果，偶尔逗逗路过的小狗小猫，或者和推着婴儿车的老大妈搭上三言两语。

两个多小时里，她一直这样打发着时间。

直到这时，我才知道自己究竟有多傻：家里的几门亲戚早随儿女举家迁去了沿海或发达城市，她工作几十年的厂子倒闭后，几个要好的同事来往得越来越少。我怎么就能轻易相信她描述的那些生活呢？

中午 1 点多，人渐渐多了起来。我看着母亲的背影，她到底老了，背有点儿微微驼起。风吹起来，她那单薄的灰白头发在风里像一把稻草。

这时老妈终于起身活动。她径直走到公园角落里的一个女人面前，看得出来，她们很熟络。老妈顺势坐在她面前的小板凳上，就絮絮叨叨地说开了。隔得远远的，我听不见她在说什么。但是她想要说的话显然很多。她几乎没有停歇地说啊说，我远远地看着她的嘴巴一动一动的。我从来没想到老妈的话竟然如此之多，她一贯对我言简意赅，主题明确，从不拖泥带水，她也一直都是这么教育我的。

我瞅了瞅周围，除了老妈，角落里还零星地坐着几个年龄不等、面相和善的女人。她们的面前，也坐着一些人，多半是些老人家。

而离我最近的一个女人，她的脚边立着一个小瓦楞纸板，上面写着：陪聊天，1 小时 15 元。

我愣住了。

四

没有舞蹈队，没有模特队，没有充实得快飞起来的生活，甚至连个坐在对面说说话的人都没有——原来什么都没有。

我疾步走到老妈面前，刚喊了一句“妈……”就泣不成声了。她有些手足无措，我拽住她的手就走。后面的那个女人说：“哎，还没给钱哪！”我塞给对方一张20元的钞票，拽着老妈朝家里走。我一边走一边哭，她在找话题，一个劲儿地说：“你怎么没走呢？你看看你这孩子！你说你哭什么啊？”最后，她小心翼翼地说：“唉，也不是没朋友，以前也活动，但就是觉得，干什么都提不起劲儿。”

我陪她去菜市场买了菜，挽起袖子下厨房，做了她最爱吃的霉干菜扣肉，又温了一壶老酒。我们面对面喝着。我看着墙上的钟，它还是滴答滴、滴答滴地走着。这一刻，我和她就像是站在时间的两头。我正年轻，她却已经老去，一点点地，老得像一个懵懂的小孩儿。

那天晚上，我陪她坐在沙发上翻旧相册，一张又一张地，跟她回忆以前的事情。她睡后，我偷偷打电话订了机票。这一次，我没有征求她的意见，也没有跟肖勇说，但是我打定了主意，我不能再让她一个人待着，因为来日并不方长，我不想失去她之后再去后悔我没有好好孝顺她。以后的日子里，也许会有困难，也许会有矛盾，但是一起经历和承担，总好过天各一方地隐瞒和思念。

当天晚上我就收拾东西打好了包。第二天，她一万个不愿意地随我走，怕我忙，怕肖勇不高兴。她还想说，被我打断了，我指指地上的包说：“快，提着，跟我走！”

长沙的雨停了。飞机舷窗外的天，蓝得很，老妈靠在椅背上睡着了。

我期待着即将在广州开始的新日子，我要和她在一起，一起经历，一起生活，把那些流失的时间，一点点地找回来。

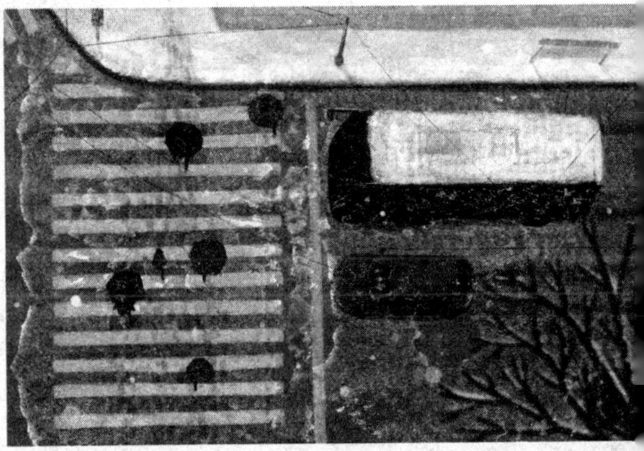

在这世上，最稀罕的还是遇到理解

情感也是一种财富

于丹

我觉得真正的财富可能是人与人之间的感情交流，我把它排在第一个层次。

作为一个老师，我和学生相伴成长的过程，是我最为看重的财富。我当班主任的时候有一个传统：给班上每一个孩子过生日。比如说，这个月有四个人或者五个人过生日，我就会在这个月的第一周让我们的生活委员去买很漂亮的生日贺卡，买一大堆纸，发到各个宿舍，每个人都在纸上给他们写一些话。而我也会给每个过生日的孩子写一封信。四年中，我让我的每个学生都拿到过四封信，他们每个人也都会拿到不同宿舍的人给他们不同的生日祝福，厚厚的一沓。也就是说他们在大学期间共过了四个完整的生日。在过生日的时候，那种气氛特别好。

我还记得第一次过生日是在九月份，他们刚上大学的时候。开学半个月以后是中秋节，我就把中秋的晚会跟九月份过生日的人结合在一起了。我记得有个从很贫困的地方考来的小女孩儿，她站在那儿，大家让她说话的时候她哭起来了。她说："老师，在记忆中，我只有在四岁的时候过过生日，我妈妈给我煮了一个鸡蛋。"她说她四岁以前的事不记得了，四岁以后她再也没有过过生日。她是一个长得并不漂亮、生活特别贫寒的女孩儿，而她们宿舍都是一些如花似玉、从富裕地方考来的女孩儿。这些孩子就别出心裁地用她们最好看的衣服、最好的化妆品，把这个女孩儿打扮得像一个公主。然后，她们宿舍其他的女孩子素面朝天地簇拥着她，把她给推出来。她就过了这样一个生日。

这个生日让这位家境贫寒的女孩儿第一次找到了自己的美丽和自信。这位感恩的女孩儿送给我一个她亲手做的礼物。在礼物中我看到一张字条：丹丹，你知道吗？每一个孩子，其实都是天上掉下来的天使。他们为什么会掉下来呢？是因为他们的翅膀断了。他们从来到这个世界上，就一直在寻找为他们缝补翅膀的人。当成人世界不嘲笑他们的青涩、荒唐、鲁莽，能够给他们一种鼓励，给他们一种包容时，那么他们会在没有忘记天空的时候，缝上翅膀重新成为天使。我们遇到你，其实就是遇到了给天使缝补翅膀的人。

我教过一个男孩儿，这个孩子特别沉默。他就是一个为电影而生的孩子。他来考特长的时候，拎着一台 DV 机。问他有什么才艺展示，他说，没有，但他拿出一个剧本叫《死于 1979》。问他是哪年出生的，他说是1981年。他是一个很有才华的孩子，他那个《死于1979》是写关于一个摇滚乐队的故事。他天生就迷恋电影，自己省吃俭用攒下几万块钱买专业的摄影器材，他还带着班里志同道合的同学，在大年初一，每个人揣一个凉馒头去拍片子。

这种孩子以现在的教育体制去评价，有时候很无奈。比如说，他外语一直会挂课，每次考试总不及格；其他的课程，因为他不喜欢，也是中等偏下。他除了对电影有一种近乎天才的理解以外，在我们现在这种常规的教育评价体系里面，他不是一个好学生，他一直特别苦闷。他曾经想过考研究生，我也曾经帮他找到电影学院的几个大导演，给导演系的主任写推荐信。但是，他要通过考试会很难很难，至少英语就不行，这个他自己也知道。有的时候我看着他也很无奈。多么有天赋的一个孩子啊！他们班还有这样的孩子，有一个不可救药地迷恋着写诗的男孩儿，成绩还不如他呢，也属于考不上研究生的。我说我还能怎么帮你们呢？这几个男孩儿跟我说，你真想帮吗？那你就跟我们喝酒去吧。我说行。我当时很是无奈，我觉得作为他们的老师，作为他们的班主任，我没有办法帮他们再多做一点儿事情了，我只能跟他们喝酒去。

我开始帮学生寻找在剧组打工的机会。终于有一天，学生得到了第一个拍电影的机会。这个男孩儿来找我的时候，好像被天上的一个馅饼给砸蒙了，不知道怎么表述这件事情。当时我看着他，感觉这是一个奇迹。即使这都是一些孩子的故事，这些孩子可能是很平常的，可能会不经意地就混在普通的孩子中间变得庸庸碌碌的，但是人在年轻的时候是要被鼓励的，是要有梦想的。就像那个女孩儿说的那样，他们需要成年人不要嘲笑他们的青涩、荒唐，他们需要我们用心地去陪伴他们成长。我觉得，老师的财富或者说老师的能力，就是要做到伴随学生成长。我觉得一个好老师真正的职能不是去引导学生或者教育学生，而是去陪伴他们，懂得他们，你以他们的方式去爱他们，而不是以你的方式去爱他们。

十年后，让我想不到的是，我得到了学生们的回报，学生也给我过了一个难忘的生日。这时候他们都已是三十而立的人了，都很有出息。我当时想，这么一帮中年人，他们会怎么聚会呢？我想无非是大家一起吃顿饭吧。结果呢，他们通知我说，晚上六点再吃饭，三点钟的时候，你到 101 教室。

我说，有什么事吗？他们说，你来就是了。结果他们策划了一个见面礼，他们按原来每个宿舍的人员组成坐着，然后每个宿舍长站起来报告点名情况，最后班长徐向飞站起来说，艺术系 96 级学生应到多少人，今天到多少人，请于老师点名。

这时候，我看着这些人，他们的容颜虽然都改变了，但是他们内心那种情怀却永远无法改变。我想，世间有什么东西值得特别珍爱呢？就是时光不能改变的东西，就是人心沉淀下来的东西。其实，作为一个老师，此时我真正感到了前所未有的幸福，而这种幸福感，不是你要给我什么样的奖杯、什么样的荣誉所能替代的，也不是你要给我一百万元钱让我来换我就换的。我觉得能够受到学生的尊敬，这便是为人师者最大的骄傲和财富。

家的奥秘

陶诗秀

住我家对门的女邻居三十多岁，丈夫是一家银行的职员，她在家做“全职太太”。但由于性格急躁，喜欢大声嚷叫，她与家人的关系往往很僵。

有一天，女邻居的嗓音突然嘶哑了，于是去看医生。医生告诉她：“你的声带上生了个小结，至少十天不能说话。如果做得到，噤声一个月更好。”

女邻居慌了。她是一家之主妇，没了她的声音，家里还不“大乱”吗？

然而，医嘱又不得不听。于是，女邻居准备了一个笔记本，用笔来回答家人的询问。不到一周，她的动作就只剩下点头和摇头了。家，似乎失去了往日的凝聚力，变成了一潭死水。

随后，女邻居去医院复查时，医生依然警告她：“你的声带结节还可能再生，必须得再噤声一周！”离开医院时，恐怖向女邻居袭来：假如从此以后，永远不能说话，该怎么办？

她从没有像现在这样，渴望跟家人交流。

这天晚上，悔恨交加的女邻居想了个办法。她准备了一大堆卡片。每张卡片上都写着一个问题。她把近二百张的问题卡片堆在餐桌上。她要用这些卡片，像玩纸牌一样，跟丈夫和儿子玩一个“游戏”，以了解他们的心声。游戏很简单：参加者用掷骰子的方法来确定卡片号码。抽到哪一张，就回答哪一张的问题，直言。其他人不准插嘴，更不准妄加评判与争吵。丈夫跟儿子用声音回答。轮到女邻居，她就把答案写在纸上。

丈夫抽到的卡片上面写着：最想让我们分享你的担忧是什么？

沉默了一会儿，他沉痛地说：“儿子，如果你妈妈的病好不起来，我该怎么办？”

瞬时，泪水悄悄地溢出了她的眼角。

儿子抽到的卡片上写着：你最希望成功的一件事是什么？

他回答：“妈妈的病早点儿好起来，开口说话！”

儿子又抽到一张：当有人嘲笑你时，你的感觉怎样？

他说：“真不想活了，没了妈妈的保护，活着还有什么劲儿？”

听到这些回答，她突然感到，有一股爱的暖流在这间小屋里涌动。她更没想到，一向爱跟她顶嘴的丈夫和儿子，心里是那么爱她！

女邻居抽的卡片是：最大的心愿是什么？

她在纸上写道：永远永远，看到你们快乐！

这一晚，他们一家三口，就这样围坐在桌边，凭卡片交流着各自的心声，共享着似乎已有些陌生的甜蜜情感。

睡前，先生说："真好玩，明天，我们还玩！"

往后，女邻居家里又玩了无数卡片游戏。她还把这游戏玩法传给我们这些邻居。奇怪的是，通过这个游戏，我跟先生之间的关系变得更加和谐亲密，八岁的儿子也变得比以往懂事多了。

一个月后，我又看到了那位女邻居，得知她的声带已完全康复了。

几天后的一个晚上，我去女邻居家串门。我惊奇地看到，他们一家三口又在幸福地玩那个卡片游戏。

我问她："为什么这些天来，没听见你往日的粗门大嗓了？"

她脸一红，淡淡冲我一笑，说："这次'哑'的经历让我发现了一个奥秘：要想经营一个温馨的家，听，只是听。"

听，只是听。短短几个字，包含多少言语！多一些尊重，少一些争吵与武断。这就是家的奥秘！

你听，青春在寂寞地歌唱

深雪

A

2004年秋天，我第一次遇到骆梨。她斜梳着一条马尾辫，嘴唇上涂着亮晶晶的唇彩，光脚穿着白色的球鞋，历史书下面压着安妮宝贝的小说集。她坐在我的旁边，我们几乎不说话。新相识的同桌，很少会像我们这般沉默。

我试图开口，可她始终在看小说，或者漠然地发呆。

潘晓北坐在我们后面，平头，小眼睛，吊儿郎当的样子。他喜欢在我背后贴纸片，而我总是迟钝地带着那张纸片在校园里走来走去。

在潘晓北第N次扯我头发的时候，我终于痛苦地哭了起来。是的，我一直知道他在欺负我，我习惯忍受。可是，骆梨站了起来，转身给了潘晓北一巴掌。那一巴掌，打得整个教室都静了下来。

我前所未有地快乐起来，我和骆梨成了最好的朋友，形影不离。有人觉得我们不是一个世界的人，她像个独行侠，而我处处受到宠爱，可是这不能阻止我们成为知己。潘晓北对我的态度收敛了许多，他几乎不敢和骆梨说话，只是逢人便说，骆梨太猛了，眼神里却有景仰的成分。

那年期末考试，我考了第三名。潘晓北全班第一，老师们都爱他，并且包容地说顽劣的小孩儿往往聪明。骆梨考了倒数第三名，她并不屑于学生手册上的成绩，别人做习题的时候她往往在纸上写一些我看不懂的句子，至少，那个时候我无法读懂。

B

她写道：这孤独，正寂寂地歌唱。我不了解孤独，生活于我，光鲜而美好。

2006年，我和骆梨已经不再是同桌。她个子长得很快，像男生一样，在初三的这一年蹿到了一米七。她瘦瘦的，穿长长的牛仔裤，皮肤是漂亮的小麦色。潘晓北也长高了，头发长得遮住眼睛，变得寡言。唯有我，仿佛停止了生长，比骆梨矮了半头。我和他们站在一起，就像一个低年级的小孩儿，张望着高年级的世界。

很多事情都在变，比如说潘晓北和我们变成了朋友，尤其是和骆梨。他们依然坐在很近的位置，自习课上我甚至能够听见从他们那边传来的窃窃私语。我问骆梨：“你们都在说什么啊？”她说：“什么都没有说，是你的幻觉。”然后诡异地对我笑。

潘晓北在大多时候只是看着我，不说话。我开始变得很大胆。我说：“喂，潘晓北，把你的数学卷子给我看一下。”他就乖乖地递过来。我反而有些失落，我觉得我更喜欢从前他对我飞扬跋扈的样子。

那年夏天的中考结果出乎老师的意料，潘晓北去了普通高中，反而是我，顺利地考上了重点。骆梨进了一所职高。据说潘晓北的失利，是因为和骆梨有早恋的苗头。虽然早恋这个词对中学生来说并不陌生，可是我不懂，骆梨说我傻。

潘晓北说不是那么回事，只是因为一道选择题的失误。如果选A而不是选B，那么他可能就和我一道进重点高中了。骆梨忽然很严肃，她说，选择是重要的，可是人往往不知道哪一个选择是正确的，每一个选择都会打开不同的门，每一扇门内都会有不同的境遇。

我抱住骆梨说：“那么多选择里，我们选择彼此做朋友，便是最幸运的，我们是永远的朋友。”骆梨和潘晓北都笑了起来，他们并不知道我心里的怕，我怕他们真的在早恋，我怕潘晓北把骆梨从我身边带走。

那天告别时，我向左走，骆梨和潘晓北一道向右走。在街角拐弯处，我偷看他们的背影，忽然有些忧伤。

C

2007年，我们见面的次数已经较少，偶尔打电话。骆梨问“重点高中很忙吧”。我就对她发牢骚，说数学老师有多凶狠，说英语卷子永远做不完，然后匆匆挂掉，因为还要去背政治题。骆梨几乎很少有机会聊到她的生活。我又有了新的朋友，要结伴奔赴大学的新朋友。

3月的某天，潘晓北忽然打来电话说："后天下午一起给骆梨过生日吧。"我很久没和潘晓北联络，他的声音变得很好听。那夜，我忽然失眠，他的声音总是在耳边萦绕。原来，在分开的日子里，我悄悄地想念着他，我不愿意和他们联络，是怕见到骆梨带走潘晓北。

同学说北辰路的书店进了一批复习资料，是老师推荐过的，平时很难买到。我兴冲冲地随着他们去了。这种事情，不知何时开始变得重要，仿佛慢了一步，就被别人抢了先机。

那天黄昏，我抱着一大摞的复习资料回家，然后想起潘晓北的电话。是的，我们定好在这天下午给骆梨过生日。我忘了。我只顾着去书店，因为买书这件事情很重要。我给自己寻找各种开脱的理由，然后心安理得地原谅自己。

夏末，我坐公车路过骆梨的学校，在一个烧烤摊上看到一个女生的身影，穿着绚烂的衣服，挑染成黄色的头发，像极骆梨。她旁边坐着一个男生，正是潘晓北，额前的头发被风拂起，露出干净的脸庞。她似乎在抬头的刹那看到我，我急忙低下头，装作没看见的样子。可是在低头的瞬间，我知道她看得出我的伪装。

老师说，人生有很多条路，对于重点高中的我们来说，考一流大学是唯一的选择。因为在走入竞争激烈的社会之后，我们所拥有的才学与毕业证书将是和对手抗衡的有力武器。

老师讲得激情澎湃，这是每个月对学生必不可少的激励教育。可是老师说那些话的时候，我想到了骆梨，想到了中考后我们分别时的拥抱，想到了她那已经让我陌生的金黄色的头发。很快，潘晓北的面孔又盖过了骆梨的脸庞。我重重地叹了口气。

D

2008年春天，我准备高考，每天沉溺在书山题海里，骆梨和潘晓北已经变成了久远的记忆。我安慰自己，没什么，因为太忙，可能他们也都在各自忙碌，所以大家都忘记了联络。

有一场英语口试要在我们学校进行，全市几所中学的应试学生都来了。我穿过操场的时候，有人喊我的名字。是潘晓北，他似乎又长高了，也成熟了很多。我们站在一棵开花的桃树下说话，我开始怀疑，我们是否只是三年没有见面。

他没有追究那年我没有赴约的事情，我心里惴惴不安，怕他问起。

“有一次，骆梨说，在路过的公车上看到了你。我取笑她，那么一闪即过的公交车，怎么可能来得及看清你。”他说，“可能是她太想你了。”

“你们常见面吧？”

“因为两所学校离得近，所以经常会见面。”他这样回答。他是有意这样说，仿佛是为我脱离友情的事实找个借口。

“我也很想她，她过得好吗？”

“去年年底，她被学校开除了。”潘晓北沉默了一会儿，“因为她爱上了一个校外的男生，事情闹得沸沸扬扬的。然后，她去了北京，听说现在在学习美发。”

“她总是那么勇敢。”我一时无语，也许，我从来不曾了解她，就像不曾了解什么是爱情。

“她走的时候给你留了一封信，我想今天应该能遇到你，所以带来了。”潘晓北递给我一个信封。我们礼貌地说了半个小时的话，期间，不断有风吹落树上的花瓣。

告别的时候，他回头说：“郁郁，你长大了。”

“你是说，我不再像年少时一样单纯美好了？”

“可是我们都要长大。祝你高考顺利。”他笑笑，离开了。

“初中的时候，潘晓北告诉我一个秘密，他说他喜欢一个女孩儿，起初，他总是欺负她以图引起她的注意。他站在她面前的时候反而因为羞怯变得沉默不语，因此只好接近她最好的朋友，以此来接近她。高中的时候，我告诉潘晓北一个秘密。因为好朋友的疏离，我前所未有地为自己的生活感到自卑。可是，无论怎样，在年少的时候，她曾经那样温暖过我孤独的心灵，并且，那温暖将永远都在。郁郁，我一直都在想念你。”

这是骆梨的信。

我抬起头，越过课桌上的一摞书本，可以望到午后天空的一角，天蓝得纯粹而又空旷。没有风，阳光仿佛也静止了。然后，我在一页空白的纸上，轻轻地写道：这孤独，正寂寂地歌唱。

只希望，在人生的迷宫里，能有一条路，在走出很远之后，依然能引领我回到最初相遇的地方。在美好的时光里，我们的友情，安然无恙。

别让玫瑰枯萎

朱成玉

1998年，我正在俄罗斯留学。那一年的情人节，莫斯科很冷，气温达到了零下38度，而且天空飘着雪。尽管如此，兜售玫瑰的小贩们依然不停地穿行于大街小巷，让这爱情的信物无止无息地燃烧，温暖着那些置身爱情中的人们。

我是个例外。那些玫瑰只会让我更加寒冷，因为我被失恋的旋风刮到了爱情的边缘。我开始怀疑，这犹如漫天飞舞的誓言的雪里，到底掺杂着多少谎言的碎屑？

我从伤心的咖啡馆里走出来，刚刚我在那里跟叶分手。多么具有讽刺意味，这分明应该是一个让情人们牵手的节日，而我却选择了分道扬镳。我头也不回地走掉，我知道一切都结束了，就像身后的脚印，我走过，它们被厚厚的雪覆盖住，我忘记。

我漫无目的地走着，穿行在玫瑰和谎言的潮水中，无法靠岸。

“买束花吧，先生。”

一个穿得很单薄的老妇人用干枯的手轻轻拽了拽我的衣角。

“多少钱一束？”我随口问了一句。

“您看着给吧，感情是没法标价的，不是吗？”

我微微一怔，没想到她会说出这样一句让人寻思的话来。我抬头看了看她，冷风将她的脸冻成了酱肉般的颜色，却没有阻止她对我微笑。

她的小摊上摆满了红红的玫瑰，可是生意并不好。

我随手拣了枝玫瑰，想到自己失败的爱情，便往她那个装钱的纸箱里扔了一戈比。“我的感情就值这些钱。”我耸耸肩，无赖似的说。

那个数目相当于施舍一个乞丐。

我把花拿在手里，无人可送。我感觉到玫瑰异常刺眼，它似乎在用它的高贵嘲弄我，我将它奋力地向空中抛去，红色的花瓣随着雪花一起飘落在街上。

这时那个卖花的老妇人从后面追上我，我想大概是我的举动惹怒了她。“我可是在每一片花瓣上都许下愿的。”她埋怨道，“你不该这样糟蹋鲜花。”

“可是，”我嗫嚅着，“再没有人要我的玫瑰花了。”我向她诉说了刚刚失败的爱情。

“去把那个惹你伤心的姑娘带来，我给你们讲个故事。”她用略带些命令的口吻说。

我有些犹豫，但还是拨通了叶的电话。叶冒着雪来了。

“孩子们，”，老妇人说，“有一个我们这里家喻户晓的故事，可你们中国人未必听过。不嫌烦的话，我就给你们讲讲。”我和叶不约而同地点了头。

“卫国战争的时候，”她讲道，“我们这里曾经是战场。有一对刚结婚不久的青年男女，被迫要分离了，男的要去保卫祖国。临走前，他对她说：‘你就在这座房子里等我，我一定会回来。’

“战斗进行得很激烈，也很残酷。一年后，他们的家乡也成了前线，按照上级的指示，当地群众必须全部撤离，但她没走，她记着他们的约定，她要守在这座房子里，她要等他回来。

“她成了前线的一名护士，而这座房子就成了战地医院，她和战地上的医护人员们一起冒着枪林弹雨，把受伤的战士一个一个地抬走，把死去的战士一个一个地埋掉。

“战争结束了，英勇的苏联人民取得了最后的胜利，但损失是惨重的，全国都沉浸在哀悼亲人的悲痛里。她守在那座房子里，一年，两年，三年……她始终怀揣着那个希望，她说他一定会回来，她在房子里种下很多玫瑰花，把那座房子装扮得像天堂。她等着他回来，从一个少女一直等成一个老太婆……”

“最后她等到了吗？”我和叶同时问道。

“没有，可是那个希望就像是一盏灯，坚定地亮着，照耀着她的每一个夜晚。”老妇人接着说，“这个摊子上的玫瑰花就是从那里摘来的，每一片花瓣上都有祝愿。我真不明白你们这些年轻人，这感情怎么说扔就给扔了呢？就像你刚刚扔掉的玫瑰花，看着让人心疼……”

我和叶都低下了头，我们彼此看到了对方微红的脸，两双手又叠到了一起。

我的脸忽然发起烧来，我为自己用一戈比买她的玫瑰花又随手扔掉而局促不安了。我感到自己就像想急切地飞起来的黑色的灰烬，到处是明晃晃的雪，到处是纯净的世界，只有我，这黑色的极不协调的灰烬——我想飞起来，可是没有风，我逃不掉。

我想到一个弥补过失的办法，我对叶说："我们来帮她卖花吧。"

我们找到一块木板，在上面写下很诗意的一句话：莫斯科不相信眼泪，但相信玫瑰。

善良的人们纷纷前来，买走了一束束玫瑰。

天色渐暗的时候，我们的小摊上就只剩下两束玫瑰在燃烧了。

"这是天意，孩子们，"老妇人说，"你们看这最后的两束玫瑰，是你们的，你们应该始终在一起，不是吗？"

我和叶捧起了那两束火焰一样的玫瑰，我们相互凝视的目光融化了很多雪花。我们从爱情的背面一步步地走回来，渐渐走到阳光明媚的早晨，渐渐走到布满草莓的春天。

老妇人把我们领进了一个天堂般美丽的房子，偌大的房子里到处都摆满了盛开着鲜花的花盆。

"难道那故事里的主人公就是您？"我和叶像发现了神话一般问道。

"不，她早已去世了。我已经是第十二个住进这房子的人了。她在临终时说过，不论谁住进这房子，都请替她履行等待的义务，别让那些玫瑰枯萎。"

老妇人接着说："每年的情人节，我都会拿一些玫瑰花去卖，我想攒些钱把房子好好修葺一下，我待不了太久，我能做的只有这些了。"

我和叶几乎同时想到了要住进这房子中来，这里有生生不息的爱，它让我们一颗颗冰冷的心慢慢解冻，让所有的明天都温暖如春。在它的火焰里，我相信自己最终也会挺立成一株顽强的玫瑰，用誓言去击败谎言，用真爱去唤回真爱。

六点钟的电话铃声

巩高峰

秘密是我发现的。那天我提前回了家，给女儿拿演出服。

在第一时间，我把两个姐姐和一个哥哥叫到了一起，分析情况：母亲抱着电话神采奕奕，坐在沙发里的姿势和说话的语气都显示这样的电话不是第一次，而且这个电话肯定聊了很久了。

母亲从来没这么高兴过，分析后我们姐弟四人一致这么感觉。父亲去世十年了，我们是看着母亲怎样在忧戚里度过这十年的。我们一直自豪地以为，这是父母情深的表现。所以，虽然很多人劝我们姐弟四个，给母亲找个老伴吧，老伴老伴，老来伴儿嘛，但是我们姐弟四人的意见出奇地一致，母亲想做别的什么都可以，就是找老伴儿这事我们坚决不同意，那是对父亲的侮辱。

可是怕母亲孤独寂寞，我们给了母亲一大堆建议，社区老人馆、秧歌队、夕阳红舞蹈班、老年大学等。母亲似乎是怕我们失望，就不太热心地选择了上老年大学。就是在母亲上老年大学一个月后，有了情况。

说句实话，尽管那天发现秘密时我是匆忙的，但我还是为母亲脸上菊花般的灿烂笑容而震动。印象中，母亲有十年没这么笑过了。也许是我们没留意过。

大家把话说明了之后，母亲就一直没什么胃口，心不在焉地看我们吃。在六点的钟声敲响时，母亲动了动，神情不自然地朝时钟看了看。这会儿，电话响了。没谁去接，全家似乎都预感到了这是一个什么电话。母亲犹豫了一会儿，终于也没接。

从这天起，我们姐弟四个开始轮流跟母亲谈心。车轮战很快就有了效果，母亲跟我们说了她的那位老年大学同学。他们俩已经商议好了，谁去谁家过日子，不办证，免得出现遗产纠纷，甚至也有怕给我们添麻烦而不举办喜宴的细节，他们都达成了一致，只等我们这些做子女的表态。

我们已经表态了。

于是，母亲向我们保证，以后再不接那人的电话，这事到此为止。

观察了一段时间，我们总算放下心来。只是每天的六点，电话仍是准时地响两声，然后就停了。电话一响，母亲就回自己屋了。我们知道这是怎么回事，每天六点，电话准时响两声，挂了，就是他打来的，两声代表着他的平安。这是我们背着母亲找那位老人谈的结果，老人就这一个要求，也是他放弃的交换条件。

母亲的精神状态很快就影响了健康。其实她一直就像一张弓，把子女一个一个都射出去了，自己才松弛下来，衰老下去。在病中，母亲念叨父亲的时候特别多，这让我们很欣慰。母亲走得很平静。但生离死别还是让我们真切地品尝到了那句话的滋味——无论你多大年纪，只要失去了母亲，你就是孤儿。

已经很久了，每天六点，电话依旧准时响起。这常常让我们无地自容。

有一天，六点的钟声和电话依旧一同响起，但两声过后，电话声丢弃了钟声，顽强地持续着。愣了好一会儿，我才迟疑着拿起话筒。是老人的女儿，在电话里她泣不成声。老人脑溢血，在昏迷中一直叫着我母亲的名字。老人女儿的意思很明显，希望我母亲能去看她父亲一眼，只一眼。

我按捺了半天，才用平静的语调告诉她，我母亲已经去世半年了。

从此，六点钟准时响起的电话没有了，世界也仿佛就此寂静无声。只是每到周末，我总爱默默地坐在电话旁的沙发里。在六点的钟声响起时，我总是轻颤一下身子，习惯地看一眼电话。我总是盼望它能再熟悉地响两声，只两声。

试探

琴台

被炒鱿鱼半年之久的银行小职员弗兰克，到了年底，却成了本年度桑科斯小镇最幸运的小子。

身无分文的他，撞了大运般在一群金领、型男的竞争中过关斩将，获得了桑科斯小镇最富有的寡妇艾美的爱情。

朋友们奇怪艾美为什么会选择弗兰克，在她们眼中，这个黄头发蓝眼睛的男子，没有任何超出其他候选对象的长处，甚至，他的贫穷还让人有点儿不放心。听了朋友的话，艾美大笑，说："对于一个富有的女人来说，如何鉴别一个男人是爱我这个人还是爱我口袋里的钱，一直是让我困扰的问题。弗兰克用自己的行动证明了，他是一个视金钱如粪土的男人。”

人们这才知道，成全弗兰克的是一个手提袋。

那天，弗兰克同往常一样在艾美家缠绵到日暮时分才离开，他其实想在艾美温暖的房子里吃一顿晚餐再离开，可是，艾美那天的心情似乎有点儿不好。她没有挽留他，弗兰克只好怏怏地离开了。这时，天色已经黑了下来，弗兰克踢踢踏踏地走在偏僻的小路上，忽然眼前出现一个红色的袋子。

让弗兰克惊讶的是，那个打开的袋子里是一部小小的银白色笔记本电脑，除了笔记本电脑，还有一沓花花绿绿的钞票和一本通讯录。

弗兰克犹豫了三分钟，然后，他拨打了通讯录扉页上的那个电话。

一个小时后，一个男孩儿气喘吁吁地跑过来。他万分感谢地从弗兰克手里接过袋子，千恩万谢的同时，男孩儿告诉弗兰克，袋子是姐姐不慎丢失的，她现在正在别处焦急地寻找呢。

看着男孩儿匆匆离开的背影，弗兰克有点儿失望，他以为失主至少要请自己吃一顿盛大的晚餐呢。看来，自己只能回到冰冷的家里去吃泡面了。

弗兰克沮丧地走在路上，十分钟后，手机响了，是艾美。她喃喃地为自己刚才没有留下弗兰克共进晚餐而道歉。不过，让弗兰克惊喜的是，艾美郑重邀请他回去，她想和他度过一个浪漫的夜晚。

弗兰克飞快地转身返回。那天晚上，他不仅吃了一顿丰盛的大餐，还和艾美定下了终身。

那个秘密现在已经成为公开的故事了。

艾美用一部昂贵的笔记本电脑和两千美金，试探出了弗兰克那颗拾金不昧的心。

所有人都庆祝这个命运多舛的女人终于找到了幸福的归宿。可是，结婚三个月后，艾美还没有从幸福的美梦中苏醒，就在一次车祸中丧生了。

弗兰克得到了她的全部遗产。伤心的他闭门哀悼了半年，一个美丽的女孩儿米莉再次走进了他的生活。

她是艾美家的厨娘，虽然年纪小，却有一手独到的厨艺。在弗兰克眼中，米莉的容貌比她的厨艺还要好。

再也不缺钱的弗兰克，这次坚定地拥抱了纯洁的爱情。

温馨浪漫的订婚之夜，米莉幸福地躺在弗兰克怀里，她喃喃地说起自己一直以来对他的好感。拾金不昧的那次试探，让她也觉得弗兰克有一颗金子般的心。

那天晚上，弗兰克多喝了几杯，有点儿兴奋过度。豪宅、娇妻、一帆风顺的生活，上帝将他想象不到的美好全部恩赐给了他。弗兰克决定，从此再也不要戴着面具生活。

他红着脸告诉米莉，其实自己没有大家想象的那么正直。当初他之所以没有要那台电脑，是因为他以为那只是个玩具，因为，袋子里那两千块钱全部是假钞。如果他不是寄希望让失主请自己吃顿晚饭，甚至那个电话他都不会打了。

“让我失望的是，那个小男孩儿只说了一声‘谢谢’就跑掉了。”弗兰克窘迫地笑着盖住自己的眼睛，“但是，我又是多么幸运，那竟然是艾美的一个试探。”

他接着说：“我无法想象，如果艾美放在袋子里的不是假钞，我会做出怎样的傻事。亲爱的你不知道，你不知道我那时的日子有多么拮据。”

弗兰克垂下头，他怀中的米莉却突然轻轻地说：“可是据我所知，艾美当初放到袋子里的并不是假钞。”

弗兰克一怔，旋即笑道：“你忘了我曾是银行的职员吗？即便闭着眼睛，我也能辨认出钞票的真伪。”

米莉深深地垂下头去，她美丽的大眼睛里忽然满是泪水，说道：“弗兰克，是我将那些钞票换成了假币。当时艾美要我将袋子丢到你必经的路上时，我对那两千块钱起了贪念。当时我以为你必然会拿走那个袋子，所以，艾美无论如何也不会发现我的行为。”

弗兰克愣在那里，米莉继续忏悔道：“可是后来，我接到了你的电话，你要归还手提袋，我吓坏了，赶紧叫弟弟将袋子取回来，重新把钞票换过来交给了艾美。”

米莉羞愧地哭泣起来，弗兰克却更紧地抱住了她，说道：“谢谢你，宝贝儿，谢谢你对我如此坦诚。”

米莉惶惑地抬眼看着激动的弗兰克，他接下来说出的话让她大吃一惊。

“其实和艾美结婚后，我已经对她坦白过自己的狡黠，但艾美认为，我能这样坦诚，一样说明我是个值得托付的男人。从艾美那里，我知道她用的并不是假钞，当时我就意识到，可能是你做了手脚。我并没有追踪事情的真相，因为，亲爱的，说到底，是你的行为成全了我。”

米莉大哭着扑到弗兰克的怀里说：“亲爱的，你真的能够原谅我当初的错误吗？”

弗兰克温柔地吻了一下她的额头，热烈而痴情地看着她说："亲爱的米莉，请原谅我今天对你的试探，你的坦白终于让我看到了你对爱的真诚。亲爱的，明天我们就结婚好吗？"

米莉泪眼婆娑，幸福地点了点头。

回一个电话

〔美〕斯坦利·宾 邓笛编译

自责是一件很糟糕的事情，但是既然知道自己错了，就应该正视它，并争取改正。我就做错了一件事情，我想，把这件事情公布出来，于人有益，于己有补。

大约两年前，我得到了一份新工作，成了一家大公司的高级行政人员。这份工作的待遇很高，但也很忙，就像是有人送了你一条稀有的热带鱼，虽是你喜欢的珍贵礼物，可它也给你带来极多的麻烦，比如有时你必须大半夜起床来伺候它。做这份工作后，我每天平均要接100多个电话，多的时候要比这个数目多上一倍。所以我就成了你时常能看到的那种人，即使在车里或大街上也会冲着手机叽叽喳喳地说个没完。

我这是在工作，我想这是唯一能说出的借口。我拿这么高的薪水，就该这样。

这样一来，我给那些与工作无关的朋友打电话的次数就越来越少了。这些朋友中就有本克。本克是一个诗人，我与本克一直保持着联系，交往有时频繁，有时稀疏。如果不见面的时间长了，我们就相约一起吃顿饭，或在酒吧里坐坐，或打电话互道彼此近况。10 年来，我们的友谊就这样维持着。

我得到这份新工作，本克自然就打来电话表示祝贺。当时我有 3 个电话要听，所以我说："过会儿我打给你。"我以前从来没有这样对他说过。

在以后的 6 周里，本克给我打了十二三个电话。第一周最多，大概一天一个电话。到后来就降为每周一个电话。最后就没有电话了。我也不知道我为什么在看到秘书记下来的"来电留言"之后不马上给他回个电话。

"过会儿再给他打。"我总是这样对自己说。这下可好，他肯定是生气了。本克是个好脾气的人，但也不是任人捏的软柿子。他不给我打电话了。像别的成年人一样，我也善于自我开脱，没过多久，就把这事忘了。

但是，每过一阵子，我就会想到本克。"我应该给他打个电话了。"我对自己说。有好几次我已经拿起了电话，拨了号码，但是每到这时，我可以向你发誓，我工作台上的仪表板就会显示另外 3 条电话线有电话打进。你知道，我必须以工作为重。

本克是我的知心朋友之一，但是他与我的生意和商务谈判毫无关系。生意人热衷于相互推销，擅长敷衍扯皮，讲究经济效益。难道我已经变得如此浅薄，也拿这一套来对付友谊？“我应该给本克打电话了。”我在心中说，但我还是没有。

去年的某个晚上我参加了一个圣诞晚会。晚会上我看到我的朋友莫比在房间的另一头。这时我想起来，前段时间莫比也给我打过两三个电话，但我一直没回。我向他走过去，但我们之间有一群人正就生意的话题谈得热火朝天，要从他们中间穿过得用干草叉将他们分开才行。“喂！”我好不容易挤到莫比跟前，向他伸出了手。他没有与我握手，而是将身子背过去，又与别人攀谈起来。

我感到非常愤慨。“自命不凡的浑蛋！”我大声怒叱。当然，我意识到自己也有错，曾以同样的方式对待他，还有……对了，我真的应该给本克回电话了。但是我现在该跟他说些什么？怎么向他解释呢？他会不会也撂下我的电话？如果他像莫比一样对待我，我会很伤心的。我怎么会陷入这样一个困境？我为什么就不能从这个困境中摆脱出来呢？

今年 3 月，我接到了一个电话，是莫比打来的。“我想我们应该讲和了。一起吃顿饭吧？”他说。吃饭的时候我承认了我的无礼，并向他道歉。他也对他那次不与我握手的“报复行为”表示了歉意。我们又成了朋友，但这又让我想起了我失去的东西。在饭桌上，一种伤感的愁绪在我心头泛起，一直萦绕于怀。我应该给本克回一个电话。但是，我没有。

终于，我遭到了报应。上周，我的朋友斯泰得到了一份新工作。

斯泰是我生意圈里最亲密的朋友，我在他上班的第一天给他打电话表示祝贺。“谢谢，伙计，”他说，“我得走了，我们改天再谈。”我可以听到背景中的声音非常嘈杂，甚至可以听到别人祝贺他的声音。

第二天我给斯泰打电话时，他在开会。过了两个小时我再给他打，接线的却是一个陌生人，那人叫我把姓名留下。我再也没有给斯泰打电话，我想以后也不会打了。如果他想与我联系，他是有办法找到我的，因为我们曾是好朋友。

现在我眼前有一个天平可怕地平衡着。一头是本克，他离我而去了，但是如果我跨出正确的一步，或许我们的友谊还会继续；另一头是斯泰，我离他而去了，我和他的友谊能否继续则要看他的做法。其实，只要他回我一个电话。

我猛然醒悟，拨了一个号码。“本克！如果你不在，回来后给我回一个电话！伙计，对不起，是我错了！”

八点档

吴念真

直到他从医学院毕业、当完兵，然后进入著名的教学医院当住院医师，把第一个月薪水拿给她之前，他从没看见过母亲的笑容。

他记得那天母亲很认真地看着薪水袋，好久好久之后才自言自语地说：“人家说我这么拖磨，总有一日会是出头天……他们都不知道，最悲哀的是你，我是在等你出头的那天。”

他没父亲，没兄弟姐妹，跟妈妈同姓，身份证上父亲那一栏始终写着“不详”，一直到几年前才改成空白。从小到大他从不曾像电影或电视里演的那样，在某个年纪时会问母亲：“我为什么没爸爸？”

他说不懂事的时候不知道要问，到懂事的时候则根本不敢问。

小学的时候，母亲每天得帮三户人家洗衣兼打扫。至于下午的时间，他记得母亲曾经卖过臭豆腐、蚵仔面线等。每到放学时刻母亲就会把摊子推到学校附近来卖给学生，所以一下课他就必须赶过去帮忙。生意高峰过后他就在摊子旁边写作业，直到卖完为止，没卖完的母子俩就拿来当晚餐。

每当那几个常来的孩子走过摊子前，母亲总会小声问他："你考试的分数有没有比他们高？"无论他的答案是"有"还是"没有"，母亲接下来的话永远是："人家的爸爸不是有钱就是在做官，你爸爸是死在路边被狗拖，如果你连读书都赢不了人，那你以后就准备去给他们做奴才倒尿桶！"

后来家家有了洗衣机，摆摊子也常被警察抓，母亲只好去一家地下酒家帮忙，那时候他已经在念高中。

他的便当和晚餐换成母亲从酒家带回来的剩菜，和小学时代的相比，不仅花样多，而且丰盛、豪华，蹄筋、龙虾、鲍鱼、鱼翅不稀奇。他说："里头甚至还经常吃到附送的牙签、酒瓶盖和烟屁股。"

考上医科大学的那一年春节，母亲终于带他回中部的老家"返外家"，他听到母亲以那种故作卑微的语气，跟几个脸上没什么表情的阿姨和低头抽闷烟的舅舅说："没想到这个从小被我用馊水养大的孩子也会考到医生！"

回来的火车上，他终于鼓起勇气问母亲："你少年的故事到底是怎样？"

没想到母亲闭着眼睛装睡，很久很久之后才说："免问啦，看电视就知道啦，我的故事……连续剧常常在演。"

几年后他的小阿姨心脏开刀，成了他的病人，查房的时候，他偷偷问起母亲的遭遇，没想到阿姨也同样这么说："现在想想……很像八点档的连续剧。"

果然是老套又无趣——

母亲小学毕业后，先在家乡的裁缝店当学徒，然后就自己偷跑到台北地区。介绍所帮她找到一个带小孩儿的工作，谁知道没多久却被这家人的大儿子给侮辱了。人家是当官的人，若给钱了事就可以谈，其他的则打死不认账。外公和舅舅们无力对外，只会骂母亲贱。母亲从此一去不回，带着小孩儿自力更生。

就这样。

"不过，结局还不错。"她说。

两三年前的一个夜晚，他被紧急叫进开刀房，救回一个知名官员的命。忙了一整夜，第二天他还得主持记者会，跟媒体讲病况。当他疲惫地回到家，听见母亲在房里叫他。

他走过去，发现门锁着。他敲敲门，隔了好久之后他才听见母亲说："我没事，免烦恼……我是说……我前辈子一定欠那个 ××× 非常多……让他侮辱没关系，还要这么辛苦替他养儿子，来……来救他那条不值钱的狗命！"

棍棒下的童年

曹玲

秦山从有记忆起，就是不快乐的。

他在湖北省某地级市下辖的镇子里长大，从一个阿姨家换到另一个阿姨家。他的妈妈是公务员，在市区下辖的几个镇子里流动工作，爸爸是清华毕业的建筑设计师，被分配到省内一个偏僻山区的军工企业上班，夫妻二人过着两地分居的生活。

秦山生于 1982 年，4 岁的时候爸妈双双被调回市里，把他接回城里上幼儿园。一家人在爸爸单位的宿舍里团聚了，从那时起，秦山有了最早的记忆。

“那时一点儿都不快乐。”他说。那时人们一周上 6 天班，爸妈周日也经常加班。秦山一个人被锁在家里，趴在窗户上眺望远方。除了被“囚禁”之外，他还开始挨打。“不吃大蒜就要被打，宁死不吃，接着打，还不吃。”最后父母只好妥协，给他的菜里都不加大蒜。

那个年代的父母奉行“棍棒底下出孝子”“打是亲，骂是爱”的育儿哲学，再加上爸爸脾气暴躁，秦山上小学之后挨打更成了家常便饭。贪玩回家晚了挨打，考试没考好挨打，学得慢了挨打，不睡午觉挨打，和小朋友打架了回去挨打，被小朋友打了回去还是挨打……“永远没有人会可怜你，更不要说你被打了替你出头。”后来无论他在外面受了什么气，回家也不会告诉父母。“反正说了也是挨打。”

这成了一个恶性循环的怪圈。爸爸平时老打他，所以他很怕爸爸。爸爸教他数学时他总是战战兢兢的，根本不敢看爸爸，半天也学不会，于是又挨一顿打。被打的时候，妈妈也不护他，偶尔还来个“男女双打”。被打得多了，秦山就恨上了，想离家出走，想干坏事。“什么坏事都想过，包括那种会上报纸头版头条的坏事。”

秦山的妻子夏灼说，她第一次看他小时候的照片时很惊讶，很多照片中他都撅着嘴，一副不快乐的样子，而且好像就是要让这个世界看到他不快乐。

“准确地说我那时并不怕被打，我知道他们不敢把我打死，就是心里很愤怒，受不了他们的方式。他们让我跪着认错，他们不知道在我心里打可以随便打，但是决不下跪，这很屈辱。”每次挨打之后，他就躲到房间里压抑地抽泣，尽量不发出声音，因为被听见就是一种示弱的表现。到现在他依然时不时地会流泪，情绪容易激动，悲伤、感动、痛苦、愤怒都能让他流泪。

至于父亲的性格是天生易怒还是后来才造成的，秦山说他不知道。在夏灼眼里，婆婆有主见、有能力、知进退、会说话、会搞人际关系，对于需要争取的事情绝对不会退缩，后来成为当地某局的局长，不仅在他们小家庭里较为强势，也是娘家整个大家族的主心骨。秦山的爸爸后来成为一名高级工程师，负担家务活，做得一手好菜。他觉得爸妈之间的关系比较平衡，但也说不好爸爸经常发火是不是因为妈妈强势导致的心理不平衡。他从来不和他们交流这个。

父母教育他的核心全部围绕着好好学习，说不学习以后就没有出路，就要去扫大街。这样的生活让他很悲观，觉得朝不保夕，没有尽头。“你会怀疑自己能否顺利活到离开家的那一天。生活已经很痛苦了，不如今朝有酒今朝醉，能玩一天是一天。”

到了高中，他根本就不学习，并且开始逃课。他的个子已经长到 1.8 米，爸妈也打不动了，拿他没办法。高考成了一件无比幸福的事情，这意味着终于可以离家了。他像出席一场盛宴一样走进考场，结果超常发挥，比平时多考了 50 多分，进入北京工业大学读书。

与很多被家长和学业折磨的学生一样，秦山进入大学就感到人生从此解放了。他的大学生活充斥着 3 件事：玩游戏、睡觉、和夏灼谈恋爱。他和夏灼是同乡，考上了同一所大学，在来京报到的火车上遇到，两人的妈妈还是旧相识。爱情就这样突如其来，大学刚开学两周，他们就恋爱了。

初来北京的新鲜劲儿过去之后，他开始觉得生活和高中一样乏味，又恢复了玩一天是一天的生活。之前约好了一周给家里打一次电话，他也经常不打；若是爸妈问到成绩，就敷衍说还行。大家经常找不到他，有时辅导员就去找夏灼。夏灼清楚地记得辅导员和她说过：“你和这样一个人谈恋爱，将会是你人生遇到的第一个巨大的障碍。”辅导员还说，作为一名法律系的学生，团队合作的模拟法庭他也不出现，导致大家无法进行，他真是一个没有责任感的人，没有合作精神的人，不合群的人，没有未来的人。

“我那时也觉得生活不对劲儿，但是如果你要改变，就意味着要否定之前的自己，否定一种习惯了十几年的生活方式。在那时我很难做到这一点。”

因为挂科太多，大四上学期秦山被学校退学了，夏灼也厌烦了三天一大吵两天一小吵的生活，对他不再抱什么希望。朋友们都劝她与他分手，至少找一个上进的男朋友。

之后他回到了老家，经历了很长一段迷惘期。回家前似乎是妈妈提前和爸爸商量好，事已至此不必再骂，爸爸竟然没有对他动怒。妈妈想让他出国留学，他觉得留学也不过是换个地方睡觉、打游戏而已，还要花上几十万元，非常不划算。之后他去武汉学计算机编程，状态也没有改观。随着时间流逝，他开始浑身不自在，不知道下一年要怎么办，爸妈也不知道这个儿子日后能做些什么。

2005 年秋，他路过一家很小的打印机、复印机维修处，看到招收学徒的告示。他开始了每天骑自行车给客户送耗材的生活，不送货的时候就学习拆装旧机器。做了一个月，老板七扣八扣，1300 元的工资最后只给了他 50 元。

他憋着一股劲儿，发誓以后无论多么辛苦的工作，都要努力去做。2006 年，他回到北京，妈妈托亲戚给他介绍了一份工作，他很偶然地进入了新兴的搜索引擎营销领域，第一个月工资800元。上班之后，他“如同饿狼一般干活和学习”，两周内就把需要学的东西学完了。他找主管要求转正，主管哭笑不得，让他继续工作半个月再做决定。第三个月，他所在的部门主管离职，他立刻向上级领导毛遂自荐当主管。领导目瞪口呆，一般新人入行3个月才刚刚转正，他却要求当主管。领导还是给了他一个机会，让他以见习主管的头衔工作，3个月之后工作合格才给转正。3个月后，他顺利成为正式主管，之后又开始觉得不满足。当公司网站主管缺少人选时，他写信给老板自荐，除了介绍自己的工作以及设计的一套数据监控系统外，他还写了一句话：因为我的生活压力较大，希望领导给我更多的工作，让我更快地成长。

经过几年的打磨，秦山已经在这个行业站稳了脚跟，收入也在最初800元的基础上翻了很多倍，成为北京CBD（中央商务区）一个标准的白领，过上了在北京“没有什么压力”的生活。

“像我这样一个因为小时候不快乐所以得过且过，以至于大学时期看起来自我毁灭的人，怎么能走上正轨呢？”秦山问自己。

“或许是因为我能够自我反思。生活给了你很多负面的信号，你是不是要改变？纵使改变很痛苦，你千万不能因为痛苦就留在原地哀号，觉得所有的路都走不通，所有的人都和自己作对。你尽可以哀号很久，但痛苦会一直存在，直到你选择一个方向往前走。”

夏灼有时会抱怨自己的工作不顺心，似乎又无力改变。“痛苦是一种力量，会让你成长。像夏灼这样一直很幸福的人，长大了会越来越品尝到生活的痛苦。”对此，夏灼拼命点头。她从小在郊区长大，每天在外面冲啊杀啊万分快乐，爸妈也从不打骂她，“活到二十几岁一直傻乐”。现在秦山俨然已经成为她的人生导师，在很多问题上，他比她想得深刻。

“不快乐的童年是很多人需要背负的东西，但是你要去审视它，分析它是如何造成的，从中能学到什么，然后抛弃童年的阴影。”他已经审视了自己“玩一天是一天”的价值观，并抛弃了它，但是到现在他也没能审视完自己的童年。“我的父母真的爱我吗？当初为什么要那样对我？”他到现在和父母都不是很亲近，从不向父母表达自己的感情，从不给父母发短信，各种节日包括母亲节的问候短信由夏灼全包；他也不乐意回家，很喜欢像现在这样待在一个离父母上千公里远的地方。他承认，这些都代表了他在这个问题上并没有审视成功。

如果秦山有一个儿子，他会希望和他建立起什么样的关系？是非常亲密，还是保持一定的距离？他回答：“随意。”他说他不在乎这个问题，他在乎的是不要把他父母对他的做法延续下去，他希望孩子能正常快乐地成长，并教导孩子面对人生中的各种问题。他信奉上帝造人并给予人类自由意志，上帝从不限制人的意志，却把明辨是非之“灵”赐给人类。他觉得对孩子亦应如此。“有这些就够了，至于这个孩子与我是亲近还是疏远，那是我们相处之后的结果，对我来说已经不那么重要了。”

让他安静地离开

晓煜

父亲放弃治疗

78岁的陈有强患的是腹膜恶性间皮瘤，属于恶性肿瘤晚期，全身转移。2011年4月发现的时候，已经到了后期。

陈作兵在自己的《医生手记》中记录了当时的心情：父亲半年前腹胀明显，少尿、消瘦，当地医院诊断为恶性肿瘤晚期。作为医生的我十分内疚，赶紧把父亲接到省城大医院治疗。由于肿瘤晚期癌细胞全身转移，无法手术，同事亲友们纷纷提出一系列治疗方案，包括化疗、放疗、热疗等。以往都是我给别人挑选方案，现在轮到给父亲决定治疗方案时，我却束手无策。

陈作兵1989年考入浙江大学医学院，是浙江省绍兴市诸暨市马剑镇上和村的第一位博士。他知道，在医疗技术日趋发展的今天，死亡成为一件不那么容易的事——除了脑部，人体的大部分器官都可以移植替换，还有各种人工制造的先进的替代品，比如心脏起搏器、人工关节等。如果肾脏出了问题，可以做血透；如果无法进食，可以静脉输营养液；癌症肿瘤可以放疗、化疗，抑制肿瘤生长的药物越来越多，即使恶性肿瘤晚期的病人，往往也能在各种治疗手段下生存一年多……

父亲陈有强在浙江大学医学院附属第一医院住院时，孩子们轮流送饭、守夜，把他照顾得无微不至。他眼见许多恶性肿瘤晚期的病人瘦骨嶙峋、痛苦不堪。思量再三，他找到了医生说："我实在不愿意看着儿女这样奔波劳累，也不愿意自己变成别人那个样子，你们让我安乐死吧。如果你们做不到，我宁可跳楼。"

父亲的主治医生高大夫是陈作兵多年的好友，老人的病情和想法，高大夫对陈作兵如实相告。陈作兵听完，陷入了沉思，他没想到父亲会做如此打算。他来到父亲的病房，把手放在父亲的手背上说："爸爸你放心，活着的时候，你那么坚强；走的时候，我绝对不会让你太痛苦，一定让你安安静静地离开。"

听了这些话，父亲踏实了。几天后，他开始安排自己的后事。没事的时候，他找出喜欢的《老子》《庄子》，翻看起来。

陈家为老父亲的病情在病房召开了家庭会议。按照大多数病人家属的想法，父亲有公费医疗，儿女的经济条件都还不错，接受放疗、化疗是可以让他多活些日子的。但全家人商量后，觉得还是由父亲自已决定。

父亲问："化疗、放疗后，可以延长多少时间？"

陈作兵说："不一定，效果好也许几个月。"

父亲问："多少钱，对人体有什么伤害？"

陈作兵答："全部公费，副作用是脱发、无力、胃口不好，等等。"

父亲问："让我想想，明天上午告诉你。"

孩子们都回家了，病房里就剩下父亲和母亲。陈有强看看老伴儿，嘴动了动，话没说出来。老两口几乎一夜未眠，各自躺在病床上，谁也不说话。

第二天早上天还没亮，母亲就打电话给陈作兵，说父亲已经决定了，要他来病房。

父亲跟陈作兵说，想和老伴儿回老家。走之前他有两个愿望，一是到儿子的办公室看一看，二是陈作兵去病房给病人看病的时候把他带上，他想听一听。一直以来，父亲都为儿子是一名医生而感到骄傲。

这天上午，父亲和母亲先去西湖边坐了坐，然后来到陈作兵的办公室。办公室在医院一排老式的平房里，屋子里没有装修，简单的水泥墙，一张办公桌、两台电脑、一排旧书柜、一个长沙发。后面是一道狭长的空地，由一堵高大的水泥墙围着，两棵泡桐树安静地站着。父亲边走边看，又在陈作兵的办公桌前坐了一会儿。

不过，父亲跟着陈作兵查房的愿望没有实现。陈作兵觉得那会影响他工作，对病人不好，父亲便也不再提此事。第二天，陈作兵送父母亲回了老家。

恬淡随意的生命时光

从杭州出发，沿着富春江，开车到老家平时要走两个多小时。这一次，陈作兵开了近5个小时。他知道，这也许是父亲最后一次走这条路了。

富春江两岸景色秀美，绿意葱茏，是典型的江南美景。车开开停停，父亲平素是个沉默寡言的人，车停下来，他就站一会儿，说些闲话。

上和村在诸暨市西部山区，四周群山环绕，山上常年郁郁葱葱，一条小溪从村子穿过，自然环境十分优美。

父亲回到村子，由母亲陪伴着，不再吃药、打针，只吃些自己喜欢的东西。陈作兵给母亲交代，只要是父亲想吃的，就让他吃，即使都是中医禁忌的东西，猪肉、鱼肉、牛肉、鸡肉……母亲也每天换着花样给父亲做。“爸爸吃得很开心，一直到去世，他也没有像晚期肿瘤病人那样变得很瘦。”陈作兵说。

陈有强整个冬天都坐在门口的石凳上，目光所及是远处山脉。村里有人知道他病了，路过时总是要和他说几句话。这些孩童时就在一起的人，在最后的半年里，父亲几乎都见到了。

在石凳上坐累了，父亲就回家给老朋友打电话，还有那些曾经一起在汽车站工作的老同事。一生随和的父亲只和一位同事红过脸，但在最后的日子，父亲给这个同事打电话聊天，两个人友好地和解了。

除了在国外进修的那4个月，几乎每个周末，陈作兵都带妻子和女儿回村里陪伴父亲。

那时候，父亲还可以种地，他既像对儿子又像对自己说：“你看这水，一点一滴流到小溪里，流到金沙河里，再到富春江、钱塘江，最后汇进东海，无声无息，人的一生也是这样啊！”这些话，陈作兵永远忘不了。

替父亲做最后的决定

2012年的春节，是陈家最热闹的一个春节，全家人汇聚到诸暨市陈作兵的哥哥家里。父亲给每个孙子孙女都发了红包，原本每年50元，这一年，变成了200元。老人知道，这应该是他最后一次发红包了。吃完年夜饭，拍了许多张全家福。拍照的时候，父亲始终笑着。

大年初一，父亲就因病重住进了诸暨市人民医院。按照父亲的意愿和陈作兵的建议，拒绝一切化疗、放疗，只是补液，对症治疗，缓解疼痛。此时的父亲已经在昏迷的前夕，疼痛加剧，腹水增多，肚子已经隆起。

父亲去世前的一个周末，身体已经非常虚弱，但还能说话。父亲靠在床边，把氧气管往旁边推。父亲说，他也许就出不了院了，这是他生命最后停留的地方。他的骨灰必须拿回农村，埋在自己母亲的旁边，下辈子有可能还要做母亲的儿子。儿女长大了，没有牵挂，务必要对他们的妈妈好些。

趁母亲去打水，父亲跟陈作兵说，他其实最放心不下的就是自己的老伴儿，让儿女们要好好照顾她，如果她以后也得了重病，不要让她太痛苦。陈作兵笑着答应了父亲，并向父亲保证，保证顺着母亲，她说什么他们就答应什么。父亲跟着笑了笑，说他放心了。

2012年3月22日凌晨3点左右，母亲打电话告诉在杭州的陈作兵，父亲陷入了昏迷，医生问要不要抢救。这样的程序，陈作兵进行过许多次，心脏按压起搏，切开气管，插进直径超过 3 厘米的管子，上呼吸机，24 小时补液，包括盐水、营养液、消炎药、镇痛药、镇静剂。即使用最新的抗肿瘤药物，一针几千元，也不过是延长一个月或者几个月的生命。躺在重症监护室里的病人的意识似有似无，逐渐多脏器衰竭。有的脑死亡之后，家属依然会让医生继续抢救……

是否需要进行紧急抢救？陈作兵想起在英国进修时的导师查理——一位德高望重的急诊医疗顾问，他体检时被发现患上胰腺癌，手术后需要化疗和放疗，该流程可以将患者的生存率提高整整 3 倍——从 5% 提高至 15%。但查理拒绝了，第二天出院回家，自此再也没迈进医院一步。他将所有的时间和精力都放在家庭生活中。几个月后，查理在家中去世，他没有接受过任何化疗和放疗。

可是现在要面对的不是别人，而是自己的父亲，采取抢救措施就意味着能让父亲多留些日子。该怎么办？陈作兵一边开车上路，一边在脑子里不停地问自己同样的问题。一时间，感觉大脑里像在打仗一样。

他想起 1994 年第一次正式从医，亲眼看到诸暨市人民医院从 12 楼跳下的那个肝癌晚期护士长的鲜血，想起父亲跟高大夫说的话，想起父亲当初为自己做决定前的询问……要是父亲现在清醒，他会做怎样的选择？

终于，理智战胜了情感。陈作兵打电话告诉母亲："如果父亲昏迷或者呼吸、心跳停止，就不要采取抢救措施了。别打扰他，让他安静地离开。"说完这句，陈作兵把电话扔向一边，双手把方向盘握得更紧了，泪水瞬间模糊了视线。他在心里跟父亲告别，又不住地祈祷，希望父亲能跟他见最后一面。

3个多小时后，陈作兵从杭州赶到诸暨市人民医院，父亲已经平静地离去了。

“假如父亲一直在医院治疗，现在肯定还活着，身上插着七八根管子，每天消瘦下去，脱发、腹胀。但他一定做不了那么多事：和亲人、朋友一一告别，回到自己出生、长大的地方，聊天、种菜。父亲如果还能表达意见，一定会同意我的决定。”

坐在父亲走前曾坐过的办公桌前，陈作兵强忍着的泪水终于流了下来。

愿有人与你共黄昏，有人问你粥可温

此情不渝

〔英〕大卫·穆勒

那是个晦暗的 9 月，英国桑德兰市，亚伦·布鲁根坐在一辆黑色汽车内，望着兰尼路儿童之家越退越远，心情和天空一样灰暗沉重。他问监护阿姨："你要带我去哪里？"监护没回答。但他知道，生命中最快乐的一段时光已经结束。

亚伦是船厂工人之子，在四个儿子中排行老三。他从小在桑德兰港边度过，家境赤贫。母亲患宫颈癌病逝后，父亲无法照顾他们兄弟，除了幺儿，其他三个都交由政府收容。年仅四岁的亚伦，从此在儿童之家挨过童年。这种儿童收容所似乎和维多利亚时代没什么不同——职工鄙视院童，食物和衣物都很差，管教十分严苛。

1959年，亚伦七岁。某日，一个名叫艾琳的女孩儿进了儿童之家。她有一头红发、一双蓝绿色的眼睛。亚伦乍见她，心里涌现出前所未有的感觉，好像已经认识了她一辈子。

艾琳那年九岁。母亲在她两岁时死于肺结核，父亲从此酗酒不振。虽然儿童之家的大人尽力把男女生分开，但艾琳和亚伦总会躲在游戏室的窗帘后面，偷偷聊上好几个钟头。其他孩子同样极度渴求关爱，却开始憎厌这对“两小无猜”。有一天，四个男孩儿动手推艾琳，亚伦以一敌四，结果他被揍得鼻青脸肿。

院童偶尔可以外出自由活动，艾琳和亚伦会溜到附近的兔子山，从山顶往下眺望，底下希尔敦城堡的城垛和草地看起来如梦似幻。然后二人从山坡另一侧跑下来，穿过树林。树林底下有时可见一大片风铃草，下方是个小教堂。他们会坐下来，看着阳光透过彩色玻璃，呈现出色彩缤纷的光线。然后他们又会在适当的时候冲回儿童之家，以免失踪太久引起别人注意。

有一天，他们又站在山顶，手牵着手。亚伦问：“艾琳，等到我们长大，你会嫁给我吗？”

“会啊，当然了。”她答道，“不过你还得等很久啊。”

有一天，他们不够小心，惹出麻烦来了。儿童之家带了院童去北约克夏海岸边惠特比市旅行，住在一处旧兵营里，亚伦和艾琳在营房之间追逐嬉戏，最后两人互相挠痒痒，一直玩到躺在地上。

“艾琳！”儿童之家一个监护阿姨大步走过来，甩了艾琳一巴掌，“一点儿女孩子样都没有！”

“还有你！”她转过身来瞪着亚伦，“你麻烦大了。”

三天后，他们回到桑德兰。艾琳和其他孩子都上课去了，亚伦却给留了下来。“你，去游戏室等着。”两个钟头后，他就被塞进一辆黑色汽车的后座，气氛诡谲。

亚伦被送往桑德兰另外一头的滨海儿童之家，但他始终无法适应。他平生第一次提出疑问：“为什么我得离开兰尼路？什么时候可以回去？”他得到的答案很冷酷：“你不会回兰尼路的。现在给你一个机会，让你重新开始。好好珍惜！”但他一点儿也不想“珍惜”，他得回到艾琳身边才行，得让她知道他没有弃她不顾。

他从刚转入的新学校逃学，寻找他从兰尼路过来的十公里行车途中所看到的路标，盘算往回走的路线。他在一个月后的某个深夜动身了。第二天清晨警察找到他的时候，他还剩下不到五公里的路程。“你这小鬼，不是该上学去吗？”

回到儿童之家，院内人员用拖鞋狠狠地打了亚伦一顿。但亚伦并没放弃，还是一试再试。八岁生日过后，他趁雪夜动身，走一条迂回路线以避开警察。凌晨两点，他爬进一处废弃的碉堡，心知这里离兰尼路不远。他用雨衣裹住身子想睡一觉，但天亮不久就饥寒交迫，不得不走上大街去找商店。他才买了一个水果口味的果冻要吃，就听到有人说：“亚伦，你好。”两个警察找到他了。

亚伦这次被送到更远的孤儿院，但他还是不断逃跑。最后，他犯了大错：在逃跑的路上，闯进一辆贩卖车找食物吃。法官判他进了德罕郡的史丹侯堡感化院。

“这里只有一条规则：叫你做什么你就做什么，不准发问。”亚伦逃过一次，但很快就给抓了回来，被痛打了一顿。他知道以史丹侯堡的军事化管理和保安措施，如果再去找艾琳只怕要送命。但他发誓，以后一定要去找她。

亚伦离开史丹侯堡时已十五岁。他明白，人海茫茫，根本无从找起，因为他们从不知道彼此的姓氏。他既苦闷又颓丧，断断续续打工混饭吃。二十来岁的时候终于认命了，往者已矣，此后的命运完全要靠自己。他进了大学，后来成为一家印刷工厂的经理。但在内心深处，他始终无法忘记过去的创痛，无法谈恋爱。他二十八岁结婚，七年后婚姻破裂。他太太无法理解他的焦虑。“我不要小孩儿。”他坚持着，“万一我有什么闪失，他们不就得进孤儿院了吗？”

1996年年底，亚伦四十四岁，住在桑德兰市附近的华盛顿镇，和女友芭芭拉同居。芭芭拉是桑德兰一家安养院的经理，下班后常去一家健身房运动。有一天，她告诉亚伦：“那家健身房里，有个女职员也是孤儿院长大的。”

“是吗，叫什么名字？”

“艾琳。”

亚伦后背上的汗毛都竖起来了。他先是全身冒汗，继而发冷。艾琳？不会就是她吧？两天后，亚伦主动去健身房接芭芭拉。到达时，芭芭拉和几个女人在柜台附近交谈。不久，一个染金发的女人出现了，蓝绿色的眼睛，那正是艾琳本人。

艾琳大吃一惊，尖叫起来。两个人都结结巴巴、语无伦次，让其他人觉得很诡异。最后艾琳解释道：“我小时候常跟亚伦一起玩。”大家才宽心地笑了起来。

亚伦的心情很复杂。他又在健身房巧遇了艾琳两次，但每次都有很多人在场，两人的谈话仅止寒暄而已。后来有一次，他俩的手终于碰在一起，短暂地互握了一下。

亚伦猜想艾琳一定结婚了。她有她的人生，自己身边也有芭芭拉。重叙旧情有什么意义呢？其后，他因工作关系迁居苏格兰数年。至于芭芭拉，或许猜到他对艾琳有感情，对他越来越冷淡，两人渐行渐远。2000 年，芭芭拉因糖尿病引起并发症过世。

亚伦在 2002 年 5 月搬回桑德兰，决心再也不谈恋爱了。但只要在街上看到长得像艾琳的女人，他总会偷偷接近去看个仔细。

2004 年，他看见艾琳坐在一辆汽车的前座上，车子正在绕圆环。她对亚伦微笑，并挥挥手。但开车的是个男人。亚伦叹了口气，觉得自己这次真的要彻底忘掉艾琳才行。

故事暂且回到 1960 年的兰尼路儿童之家。艾琳连续五天没有见到亚伦，便询问亚伦的行踪。玛莉阿姨告诉她："惠特比那里有一家人收养了他。"艾琳为亚伦感到欣慰：他终于成为正常家庭的一分子了。但她也深觉怅惘，而且这种怅惘久久不去。

她自己的人生同样有喜有悲。

十五岁离开孤儿院之后，她到工厂做工，在桑德兰的廉价住宅区租了一间阁楼栖身，同租的许多寂寞单身汉都对她垂涎不已。

她十七岁时认识矿工罗勃，几个月后就嫁给了他——她太想有个真正的家和自己的孩子。她在桑德兰住下来，生了两个孩子。

七年后她离婚，交过几个男朋友，始终没定下来，偶尔她会带着孩子去惠特比旅行。她一直以为亚伦在惠特比长大，心里总抱着或许能见到他的念头。

那几次在健身房遇到亚伦的时候，她一直想告诉亚伦说还爱着他，又怕弄得他难堪，或破坏他和芭芭拉的感情。后来，她听说芭芭拉过世，偏偏亚伦已迁居苏格兰。

在桑德兰路上看见亚伦，让她既兴奋又心痛。开车的男人不过是个普通约会的对象而已。但即使她知道亚伦已迁回此地，也不知道怎么找他，因为她始终不知他姓什么。

没多久她就和那位男友分手了，并下定决心，如果找不到亚伦，就不要交什么男朋友了。她万万没想到，亚伦就住在华盛顿镇，和桑德兰距离不过几里路而已。

2004年5月10日，桑德兰阳光普照。下午一点钟左右，艾琳和朋友伊丽莎白刚从健身房做完运动出来，走在路上，神清气爽。前面有个人影，看起来很眼熟。此刻，身旁的人、事、物似乎都凝固了。

"亚伦！"她大叫一声，然后两人紧拥在一起。亚伦抱着她不肯放手。她说："我现在是一个人了。"

"我也是。"亚伦说。两人再次拥抱。

伊丽莎白看得目瞪口呆。亚伦对她解释道："我爱这女人爱了一辈子。"

他记下艾琳的电话号码，第一次知道她的全名：艾琳·金内尔。他跟她确认了五遍电话号码。第二天晚上，他俩共进烛光晚餐，倾吐过去四十四年间的一切。"我想，如果我们以后都一起吃晚餐，或许更方便一点儿。"2004年12月，亚伦在突尼西亚海滩向艾琳求婚。"我愿意，我愿意，我愿意！"艾琳喊着。

他俩终于在2007年5月正式结婚，实现了半个世纪以前在兔子山上的誓言。

"我就说过你得等很久吧？"她说。

"再久也值得。"他答道。

结婚还是不结婚

沈姝华

达尔文是进化论的奠基人，他的《物种起源》和《进化论》几乎改变了人们对整个世界的看法。然而，令人惊异的是，当年，他在是否要与自己的表姐结婚一事上，显得十分踌躇。一天，他用 19 页纸列举了结婚和不结婚的理由。

作为一名科学家，达尔文不想在自己的任何方面留下漏洞，即使婚姻也是如此。他从小就对自己的表姐艾玛·韦奇伍德情有独钟。艾玛是达尔文舅舅的女儿，不仅长得非常漂亮，而且还有一个聪明的大脑。她比达尔文大 9 个月。他一直在向她大献殷勤，希望她能嫁给他。

可是，当艾玛终于答应嫁给他时，达尔文又变得犹豫起来。因此，在 1838 年夏的一天，他在 19 页羊皮纸上详细列举了赞成和反对结婚的理由，然后又与身为医生和金融家的父亲罗伯特逐条进行了讨论。

最后，达尔文终于说服了自己，与青梅竹马的表姐喜结连理。

他列举出的结婚理由有：可以有孩子（如果上帝愿意的话）；能够得到一个一生的伴侣（特别是在老年时，谁会对一个人的生活感兴趣呢）；无论如何比养条狗好；家庭，有人照料房子；美妙的音乐、与女性聊天，这些事情都有益于一个人的健康。

达尔文还写下了这样的话：上帝啊，像一只工蜂那样，一直工作、工作、再工作地度过一生，简直令人无法忍受。那种一个人整天生活在烟雾缭绕、肮脏的伦敦房子里的生活，更让我无法忍受。想象一下，与温柔贤惠的妻子坐在沙发上，烤着温暖的火炉，一边读书一边听音乐，是多么惬意的一件事啊。对性的渴望更是让人口水交流，当然有性的爱大概需要通过唾液流动联系起来。

他列举出的不结婚的理由有：结了婚就不能再跟以前一样自由地前往任何自己喜欢去的地方，也会不方便随时前往俱乐部与聪明的男人交谈；不结婚就不用被迫去访问亲属，不必操心琐事。

晚上甚至不能读书，肥胖、懒散、焦虑，以及责任都要考虑，如果有许多孩子分享一个面包，就可能没钱买书。如果工作太多，就可能有损健康。

此外，达尔文还非常担心婚后妻子不让他继续留在伦敦工作。他写道：或许我的妻子不喜欢伦敦，对于我来说，可能就意味着被放逐，或者成为一个懒惰、游手好闲的白痴。

不过，达尔文最终还是得出了这样的结论：一个人不能过孤单的生活，整天看着自己；老年时依然醉生梦死，没有朋友，没有孩子；不用担心，相信运气，保持清醒。因此，他决定结婚。1839 年 1 月 29 日，在达尔文被授予英国皇家协会会员后第 5 天，达尔文在他的出生地萨洛普郡与表姐举行了婚礼。当天晚上，他们一起乘坐火车前往位于伦敦中部的别墅。

尽管达尔文在事业上取得了辉煌的成就，与表姐艾玛的婚姻也十分甜蜜，但由于他们是近亲结婚，所生的 10 个孩子——6 男 4 女，没有一个是健康的：两个大女儿都过早地夭折了，3 个女儿和 2 个儿子终身不育，其余的孩子也都是病魔缠身，智力低下。

达尔文曾对此百思不得其解，直到晚年，他在研究植物的进化过程时才发现，异花授粉的个体比自花授粉的个体，结出的果实又大又多，而且自花授粉的个体非常容易被大自然淘汰。他这才恍然大悟：大自然讨厌近亲结婚的。这也就是他与表姐婚姻的悲剧所在。

青花瓷，红蔷薇

手语

两颗爱慕的心，是在最好的年华里相遇的。她在他的眼里，是晨曦里半开的红蔷薇：嗔一嗔是眉聚黛峰，笑一笑是眼横水波。一呼一吸里，都有工笔描绘不出的风情。

日子久了才发现，外表这样温婉的女子，竟有着一颗敏感而焦躁的心。一言不合，即会大吵大闹，气到手足冰凉，全身发抖。只是，恼成那样，她都不肯落下一滴泪来。

好朋友劝他："算了吧，这样的爱情，是脆弱易碎的薄胎青花瓷，一生都要心心念念地去呵护，稍不留神，就是一地惨烈的碎片。看了那么久，我这个心清如水的旁观者，都已经替你疲惫了。"

他摇头，说：“她是一株蔷薇，生出那么些密密的刺，不是为了伤害，而是害怕被伤害。”

于是，他不断地被她伤害着：周末派对上，商场里，甚至电话里……疲惫，不是没有的，可心一软下来，也就云淡风轻了。而事后，她却嗔怪他性情太和顺，将她生生纵成一只无法无天的小刺猬。

他微微一笑，说：“那些刺，拔了，会伤到你，不拔，会刺痛我。可我宁愿受伤的是我，因为一颗爱着的心，本来就是疼的。”

也有蜜汁样馥郁的时光，夜未央，灯光流转，两个人牵了手四处闲走。无意间，淘得一对精致的青花瓷碗，如两轮清澈的满月。捧回来，额角相抵，喁喁私语。明明对着的是空碗，却都醉意丛生。说好了，要将日后所有细细碎碎的光阴，都盛在这碗里。

日子那么长，而这样温柔的时光，又那么少。她常常会青着脸，与他歇斯底里地大闹。仿佛蔷薇花被驱出了灵魂，身体里只剩下密密麻麻的疯狂的刺。

那一次，她最要好的朋友来看她。不知为什么，好好地，她又和他闹了起来。当着朋友的面，她句句话都是刺，根根扎向他的胸口。他忍着、劝着、勉强镇定着。可她愈发暴躁，竟打破了那对青花瓷碗。

一地冰凉的碎片，青白锐利，像他的爱，惨烈到体无完肤。忽然，他心里一片清明：这个女孩儿并不爱他。所有的未来，都是他一个人编织的梦中城堡。怪不得有那么尖利的刺，连花瓣，都像灼灼的刀锋。

到底，他也是个骄傲的男人。爱不下去的时候，只有静静地转身。他听到身后有轻轻的脚步声，像暗夜里的叹息。他以为是她，却是她的那位朋友。

朋友艰难地启齿。原来，她的家族有着遗传的抑郁症病史，并且发作的都是年轻的女性。她不知道自己何时会发病，一颗惊惶的心，起起伏伏，无法安定。

爱那么好，又那么暖，她不舍得轻易放手，可又不得不放手。她告诉自己，爱情的肩不是铁铸的，有些东西，它承担不起。所以，她以这样一种惨痛的方式，不停地为难着深爱的人，也为难着自己。

这样不分场合的吵闹，不为别的，也只是想在今后漫长而孤单的日子里，留下些回忆取暖。可以在午夜梦回时，喃喃自语：有个人，曾经这样地爱过我。

他叩开门，轻轻地拥住她。当所有的伪装卸下时，她的泪，急速落下，如一场灿烂的流星雨。他认真地告诉她："你要记住，我们在一起，可能会有一个人得抑郁症，如果分开了，得抑郁症的一定是两个人。"

爱情，不如你想象的那般脆弱，也不如你想象的那么坚强。若是存了一颗爱惜之心，这世上，便没有脆弱的东西。即便是薄胎的青花瓷，亦能在历经数朝数代之后，光洁透明，完美如初。

让我结实地靠着你

安宁

那天去上班，在小区花园里的石凳上，瞥见他孤独地坐在那里。我很想走过去，拍一下他瘦削的臂膀，像儿时的我将小小的脑袋任性又骄傲地靠在他结实宽厚的胸前那样，抱一抱他。但我在那个怕迟到、怕被老板呵斥的早晨，还是选择了习惯性地向他打个招呼，便一路狂奔着，将他依恋不舍的视线，甩在了他再也无法追踪的拐角。

我忙着给养活我的客户发电邮、发传真、打电话。手机响了两次。在整理一沓文件的空当里，我抬头，看见手机上熟悉的号码，漫不经心地拿起来，打过去，却是一个陌生男人的声音："您的父亲现在在社区的医院，请您尽快过来。"

这样一句客气、节制又略带着不耐烦的转告，让我很快意识混乱，转身时碰倒了手边的茶杯，想要去向老板请假，却稀里糊涂地进了洗手间。

赶到医院的时候，那个显然是打电话给我的大夫，冷着脸，说：“工作就那么重要，可以连自己的父亲都不顾？不知道你父亲有高血压和胃病吗，还让他吃辣椒？幸亏他旁边有人，否则不知道会有什么更严重的后果！”我不知所措地站着，听任那个医生不留情面的呵斥。而他，正微闭着眼，疲倦地躺在那里，打着点滴；日日陪伴着他的狗狗，忧伤地卧在他的鞋子上。

我走过去，握住他的手。他依然在昏迷之中，听不见我的轻唤，亦感知不到我的体温。他的手，已经苍老得看不到血色，凸起的血管中，血液的流动，犹如此刻的时间，缓慢、老迈，接近于凝滞。时光一路无情地走，吸干了他体内的精髓，只留下这一副连他自己都厌倦的躯壳。

他醒来的时候，夜色已深。看见我眼中的血丝，他即刻一脸疼惜地要去给我拿一块热毛巾来。我含着泪，带着嗔怒，将他止住，说：“不知道自己身体不好吗，还这么不爱惜自己，以后不要再因为我，做那么多辣菜！”他不好意思地笑了。

那晚走廊里有一个女人，抱着她的宝宝，不停歇地走来走去。昏暗的灯光照在她的身上，让她的脸看起来模糊、忧郁；但她不停拍打着婴儿后背的手，却是那么温暖、柔软、动人。

那脚步声焦灼又轻柔地持续了很久。我对值班的护士说：“能不能让那母子回房休息，这样走，会影响很多病人的休息。”但他却抢在护士回答之前，阻止了我。护士也有些为难，说：“医院里经常这样，很多生病的小孩子，只有在母亲或者父亲微微晃动的怀里，才能安然睡去。天下做父母的，是肯为了孩子整夜整夜地不合眼的。”

突然间想起儿时多病的自己，一次次在医院度过的夜晚。那时的他，就是这样，抱着任性哭闹的我，在散发着消毒水味道的昏暗走廊里，不停歇地走来走去。我依恋他的怀抱，那么宽厚有力，可以阻挡一切疾病带给我的疼痛。甚至很多时候，我是故意地赖在他的怀里，不让他睡觉；而我在灯光划过的时候，偷偷睁眼，看到他哼着小曲哄我睡觉的面容，总会被一阵阵波浪一样的幸福，温柔地舔舐。

他已经睡去，我轻轻地用温热的毛巾，为他擦拭着额头。他轻微呓语几句后，便转过身去，背对着我。我没有将视线跟过去，但我知道，那一刻的他，和我一样，被细细的幸福的波纹漫溢着。

而我与他，就这样，守着彼此，到很老很老的岁月里吧。

小张和小尹的留言条

张晓玲

周末照例回公婆家吃晚饭，开饭前看到桌子上放着一张字条。上面写着——

小尹：

我到中央公园去玩了。

小张

这是婆婆写给公公的字条。“小尹”是我公公，今年59岁。“小张”是我婆婆，今年55岁。婆婆早上出门时公公正好不在，怕他回来看不到她而着急，所以留一张字条告知去向。可能觉得只留这么一句话要用掉一张纸太过奢侈，于是特地截了半张纸，留言写在信纸的反面。

把信纸翻过来看，抬头是“国营第八九八厂会议记录纸 198× 年×月×日”。这显然是一张婆婆曾经工作过的厂里的用纸，这张纸至少存了 20 年。

我先生给过他们一部手机、一部小灵通，然而他们只拿那两样东西当闹铃。当一个人有事出门，仍自然而然地沿用 30 年来一贯的留言方式，大概只有这种沟通方式才是他们的常态，就好像他们之间互称“小张”“小尹”一样，平淡、自然，然而却又跟一个人的左右手一样协调、默契，闭着眼睛也能把巴掌拍响，不需要特别设计。

他们是 1975 年底结的婚，我从没见过两人的结婚照，问先生，竟然也没有见过。婆婆家里的墙上，除了挂历和经年的水渍，就是一片空白。翻相册，所有的照片都和我先生有关，公公婆婆在照片里，只扮演父亲和母亲的角色，没有扮演过丈夫和妻子的角色。

公公是共和国同龄人，是南京江宁湖熟镇上一位有名的面点师傅的二儿子，湖熟人称面点师傅为“白案师傅”，以区别于做卤菜的“红案”。我先生提起他的爷爷，总是有几分骄傲之情，因为手艺人听起来沾了点儿才情的边儿，显得有点儿传奇色彩。

公公认为他人生的转折点出现在 1974 年，那一年他结束插队，返城进了南京，从此摆脱农村生活，当了工人。第二年他经人介绍认识了我婆婆，年底两人就结了婚，次年 9 月，生下了他们唯一的儿子。

关于他们恋爱的细节，我追问过多次，没有得到过一次正面的回答，他们只是笑。

“约会吗？”“呵呵。”

“看电影吗？”“呵呵。”

“一起出去吃饭吗？”“呵呵。”

“使用自行车带她吗？”“呵呵。”

我见过我婆婆最年轻的一张照片，是在我先生 12 岁那年拍的，在泰山。那年她大概 35 岁，绝对算不上美人，脸太宽，下巴太平，鼻子太翘，眼睛太小，眉毛分得太开，几乎一无是处。我第一次上门见到她时几乎吓了一跳，后来才慢慢习惯。

年轻时的她除了消瘦一点儿外，没有显得更美。除了长得不美，她的身世也不幸：母亲早逝，父亲续弦之后不久也辞世，而继母与她的关系向来不睦。

这样一个女子，没有好的容貌、没有嫁妆、没有人撑腰，一直到她 22 岁的时候，才开始了第一次也是唯一的一次恋爱，恋爱的对象是我的公公。

当时的城市还没有怎么扩建，工厂外面就是田地。他们租了农民的房子做新房。下班回来之后他们割草卖给养牛人，一斤草两分钱，勤快一点儿的话，一天可以挣到一两毛。

很快有了孩子，厂里给了一间 12 平方米的简易平房。孩子——也就是我先生——长到两岁的时候，出了一起大事故。他不小心打翻了盛有滚水的铁锅，滚水从脖子往下，浇过了整个胸腹。他晕了过去，不知生死。夫妇俩都急疯了，急得浑身发抖、呕吐，脑中一片空白。先送厂医务室，医务室毫无办法，再送儿童医院急救。整整两日两夜，孩子徘徊在生死边缘。婆婆叙述此事的时候没有告知我任何细节，她几乎在刻意回避着一切动感情的描述。她完全没有提及她的眼泪、他们的恐惧和绝望，但我知道这一切必定发生过。

我问先生："这事儿你记得吗？"

他说："你说呢？那时我才两岁。"

"两岁也该记事了啊。"

他想了半天，说："只记得一件事。出院的时候，他们给我买了一个很大很红的苹果。我坐在我爸自行车的大梁上，高高兴兴地回家了。"这是那场滔天大祸的光明结尾，像伊朗电影里的场景。

他们一辈子就在一个单位，没有换过工作。单位给予他们所有的一切，小小的房子、医保和每月固定的收入，同时也耗尽了他们的生命力。他们的人生哲学是"比下不比上"，所以一生都觉得很满足、很幸运，哪怕单位最终让已经50多岁的他们离开，每月只给300元的基本生活费，他们仍然感激单位，感激单位给他们保留了医保，让他们看病时可以报销一部分费用。临到下岗前，他们两个人所有的积蓄是5万元人民币。当他们最疼爱的儿子需要买房子的时候，他们慷慨地奉献出所有，却发现他们一生的积蓄只够买一个小小的卫生间。

公公对自己相当吝啬，儿子未长大时，衣服自然是补了又补。儿子长大之后，则只穿儿子穿过的衣服。到现在他还在穿他儿子大学时代的校服：蓝色运动服，拉链早坏了，背上印着学校的名字。

对于家人，公公相当慷慨。他不善表达，但所有行动都表明了他在意家人的感受。比如，婆婆就曾三次收到珍贵礼物。30岁生日时，公公给她买了一件钟山牌手表，150多元钱的手表，花去公公半年的收入，在那年代算是非常昂贵的。婆婆40岁生日时，收到的礼物是一块雕有生肖的玉，200多元；50岁生日时，公公送她的是一套黄金首饰，大概又花去公公半年的收入。

婆婆对于人生的要求也非常低。这么多年来，我从未听她说过一句嫌公公挣钱少的话。一般来说，女人是普遍有这样心理的，但婆婆从不这样想。连对儿子，她也没有太多的期望，我先生让我经常感到不满意的地方，婆婆却总是表现出惊喜。甚至对于儿子上大学这件普通的事儿，她也总觉得不可思议。她说："你看你爸，多讷！我呢，多傻！怎么会生出个上大学的儿子呢？"

她总是说："平平安安、健健康康就可以了。有再多的钱，你能睡的就是一张床，再能吃也只有一个胃，钱多了又有什么用？"多少人挂在嘴边的人生智慧，对她来说却是刻在灵魂之中的。这个生活在城市底层的女人，以一生去实践这样一个智慧，过得愉快而幸福。

现在，她和公公生活得相当自在。去公园锻炼，和朋友打牌，看看电视，做一些好吃的饭菜。有时候她会去郊区的朋友那儿住一段时间，给他们种种庄稼，喂喂鸡鸭。我们给他们买了数码相机和电脑，公公于是爱上了摄影、摄像和出远门，现在电脑里面，存满了两人的照片。白发苍苍的时候，生活中终于只剩下他们自己，作为妻子和丈夫而存在。

除非出远门，他们平时仍然不带手机，有时也会给我们留条，基本上是留给我的。告诉我要多吃，苗条不是什么好事；告诉我已经帮我把菜买好了，青菜放在哪里，蘑菇（常常写成"蘑茹"）又放在哪里；告诉我鸡汤已经炖好，拎回家就行；告诉我自行车前胎已经补好，可以骑了；告诉我地下室不是灯泡坏了，而是保险丝断了，已经装好。

以前他们叫我"小张"，但现在他们叫我"小玲"，因为我们家有两个"小张"，容易搞混。

"小张"和"小尹"最牛的一次留言，是留在了云南的一个寺庙之中。

他们在旅途中偶然路过一个小寺庙，因为庙里的和尚貌似对他们儿子的命运了如指掌，让他们深信不疑。他们花了 400 元钱，在庙里的功德碑上刻下了“全家平安”的留言，这一次他们署上了全名。

先生听后哈哈大笑，认为他们傻的可以，竟然上这种当。但我却被深深感动，这是他们一贯的做事风格：为了他们认为重要的事，慎重地付出一切。

窗外有蓝天

刘墉

“老婆毕竟不是血亲，她今天跟你闹翻了，明天就可能成为别人的老婆。”有个朋友冷不防地对我说，“还是孩子好，你再骂他，他跟你再不高兴，还是你的孩子，还姓你的姓，叫你取的名字。”

“你为什么会想到这些？”我问，“你跟老婆又吵架了吗？”

“是啊！上礼拜有一天，我上班之前跟她吵架，回家发现没带钥匙，按铃，她居然不给我开门。幸亏儿子在家，硬不顾他妈拦阻，跑出来给我开了门。”他叹了口气又说，“妙不妙？从那以后，我再也不会忘记带钥匙，每次出门之前一定检查，带了，有安全感了，才敢出门。”

一个中国的 11 岁男孩儿，因为钢琴才艺惊人，拿到纽约朱丽叶音乐学院的奖学金，由妈妈带着来美国深造。

没想到，才来不久，他的爸爸就出车祸死了。失去了经济上的支援，妈妈不得不出去找工作。

“那孩子真奇怪，一天不知道要打多少次电话到办公室找他妈妈，隔一会儿就来个电话，问他妈妈在不在。”有一天，孩子妈妈的雇主对我说。

“这是可以同情的。”我说，“因为他突然就没了爹，他没有完全感，唯恐妈妈一下子也没了。”

一个家在台湾地区却总在大陆经商的朋友，对我说的故事就更感人了——

“每次我离开家，8 岁的女儿都哭着喊着不让我走。”那朋友说，“我实在受不了那种心痛，也不忍心看她哭，有一次就瞒着她，趁她上学的时候离开家。没想到麻烦大了。”

“什么麻烦？”

“从那以后，每次我回台湾地区，孩子上学之前都要不断问：‘爸爸今天会不会去大陆？’每次她出门，都回头再回头，眼睛里全是恐惧，好像我一下子就会不见了似的。”

看关于非洲猎豹的动物影片。猎豹妈妈生了 4 只小宝宝，但是爸爸早失踪了，妈妈要猎食，不得不常常离开洞穴。

就见那 4 只小猎豹相互依偎着，一动也不敢动，仿佛冬眠一般。影片的旁白说，小动物都是这样，当妈妈不在的时候，它们缺乏安全感，生怕自己的热量维持不到妈妈回来，所以只好尽量减少消耗。也因此，妈妈不常在旁边的幼兽，总生长得比较慢。

可不是吗？据说早产婴儿在保温箱里，除了喂奶，还要专人每天戴着手套抚摩，才长得好、长得快。

抚摩，使他们有安全感。

我是一个缺乏安全感的人，因为13岁那年，一场大火不到半个小时，就烧光了我家。

我的锦旗奖状没了，我最爱的图画书没了，父亲留下的古董字画没了，我宠爱的波斯猫也被烧死了。

从那以后，虽然从台北地区搬到纽约，又搬到长岛，但是每次离开家，都有几分忐忑；每次回家，看到家门，都有一种“真好！家还在”的欢欣。

我的母亲也一样，记得儿子才4岁的时候，我们一家去庐山旅行，她晚上居然在旅馆做噩梦，梦见孙子掉下了悬崖，于是第二天坚持不去看瀑布。

“大概倒霉日子过多了，现在日子虽好了，心里却不踏实，还不敢相信好日子真能维持多久。”老母后来对我说，“苦命啊！连有福气，都怕消受不起。”

读哲学大师罗素的女儿凯瑟琳写的回忆录。

罗素40岁时，有一天坐在椅子上看书，看了一半，把书放下来，站起身，走出门，骑上脚踏车离开家。

从此，罗素就再也没回过那个家门，他跟结合了17年的爱莉丝就这样分开了。

书上说，后来罗素又交了个亲密的女朋友，每次罗素看书看一半，站起身，那女朋友都会紧张地问：“你要到哪里去？”

她一直对罗素没有安全感。

遭遇“9·11”恐怖袭击之后，美国人的生活整个改变了。

也许应该说，生活没改变多少，改变的是心情，最起码在纽约可以见到这种心情。

那心情是无形的，深深藏在人们的心底。以前在曼哈顿的街头，见到的总是无忧无虑的纽约客。但是现在不同了，表面看，他们依然坐在路边喝咖啡，躺在公园里晒日光浴，但是稍微一些震动，即使是车子爆胎或紧急刹车，都可能引起惊悸的目光。

安逸的美国人，失去了过去拥有的安全感。

只是想想，这世界上何曾有过没恐惧的日子？病痛是恐惧、战争是恐惧、父母可能遽逝是恐惧、房子可能失火是恐惧、太太可能不开门是恐惧，连幸福多了些，都唯恐失去。

只要我们不能预知明天，不能预知下一刻，就可能恐惧。谁知道下一秒钟会不会发生八级地震，震碎一切？

于是知道：只有把握现在，看得到、摸得着的最安心。只有把握自己，小心开车、小心过马路、小心保养身体、小心做个好人，有一天发生了不幸，才能没有悔恨、没有亏欠。

幸福总在当下——

窗外有蓝天，多美的日子！窗外有阴天，多美的日子！窗外有雨天，多美的日子！

能看到家、看到孩子、看到妻子、看到亲人、看到朋友，那是多美的日子！

你是我的王

冬亥

起初，人们叫他三少爷，后来是三爷，再后来是段三儿，再再后来是段老。只有她，对他的称呼一辈子都没有变——“哎”。

也算是世家了。父亲是济南名士，书中念出来黄金屋和千钟粟，在大明湖畔住一幢三进出的宅子，后花园是三面桃梨半院泉水，粉粉白白地从院内流过，清凉滑腻。她随父亲来做客，他正持柳枝逗弄一条悠然摆着尾巴逐落花的锦鲤，听她“哎——”了一声，抬眼看，梨花树下，小小的人儿如粉雕玉琢，有一对天生的酒窝。他们是父亲给指腹定下的婚事。

父亲对他的培养，完全按照旧时文人的规矩，八岁入私塾学四书五经，十岁拜师习诗词歌赋，甚至吹拉弹唱作画玩票，都是大家子弟的入门本事。时常家里有堂会，卸罢妆的角儿也乐意教他一两个唱段，渐渐就有了半师之谊。一则是看父敬子图点儿赏钱，二来良材美玉总是难得，不免激起爱惜之心。勾了脸，着了袍，十四五的孩子上台道一声“想俺项羽乎”，颇见法度，获得喝彩一片。

角儿微笑，拱手向他的父亲道贺：“此子不俗。念白、咬字、用气、运嗓，都颇见潜力。日后不为良将，必为名伶。”父亲躬身客套：“说笑了。”心里却嗤一声，世家子弟怎会沦落成戏子？

却是一语成谶。家道中落，经济窘迫，时世无常，造化弄人，外敌入侵，社会动荡，颠倒了若干的黑白，曾经的雅趣终成了三爷谋生的手段。浓重的油彩掩不住满面的辛酸，昔日的风流业已云散。她却决然从依旧尊荣的家庭里挣脱出来，断了父女情分，成了泼出去的水，青衣素面，背了小小的包袱径直来见他，“哎——”了一声，四目相对时，竟无语凝噎，花了重彩的脸。

福无双至时，祸总不单行。再后来，甚至连在台上重温昔日的威风，都成了奢望。时局如棋，随后的几十年于他仍然艰难，曾经在幼年有十分的娇贵，在台上有八面的威风，如今在台下却要为稻粱苦谋，经常没来由地长叹：“唉！”她握他的手说：“你是力拔山兮气盖世，我是时不利兮骓不逝。有我呢，总会好的。”

后来，由于他的出身，组织上找她谈话，要她像当年毅然反出家庭一样，跟他分道扬镳。她却摇头说：“他只有我了。”

他一直活在过去的幻影里，回到家里，颓然倒在床上，全然不顾家务的烦琐和孩子的啼哭，只失神地望着残破的天花板不言不语，呆呆地一直等到她把饭菜做好唤他去吃。她烧了热水，把他的脚按进去轻轻地洗，并说道：“哎——想开点儿，霸王当年要是能忍下一时的屈辱，说不定也会有三十年河西呢。”

他苦笑一声说：“四面尽是楚国歌声，定是刘邦已得楚地；孤大势去矣！”她抿一下已有银色的头发，笑一声，道：“那我就做你的虞姬。”

日子并不是舞台，柴米油盐酱醋茶，才是家常开门七件事。她能把一棵白菜做出七种菜肴，能把三尺布票缝补成一家人的温暖，却始终不能把他从曾经的富足悠闲里惊醒，从霸气十足的回忆中找回，偶尔自己都不确定了：于彼时，自己真是五谷不分的千金小姐？他真的是风流倜傥的翩翩少年？

念头一起就迅疾淡然，生活的逼迫总容不得片刻的停歇，只以她的温良谦恭时时慰藉着他饱经沧桑的心。却总敌不过，风霜刀剑相逼的凄苦。“纵使举案齐眉，到底意难平。”举案齐眉的是她，意难平的是他，眼看着日渐消沉。

有几次都“活够了”，却一次次被她挽留。她偎依在他的胸前，柔弱如飘飞的絮，温热如缠身的藤。“你永远是我的霸王。你要是撑不下去了，让我可怎么办？”他悚然，一身的冷汗。

好在天总会亮的。多少次“看大王在帐中和衣睡稳，我这里出帐外且散愁心”，终熬到“轻移步走向前荒郊站定，猛抬头见碧落月色清明”，昔日的三爷，曾经的段三儿，最终成了如今的段老。只是万没想到，本该苦尽甘来重拾闲情看花开的时候，她却豁然松弛，如一盏油将尽的灯，于风中摇曳，瘫在了床上，从此与春风无缘。

有些事须经波折才会明白，有些人须经磨难才会长大，他走进全然陌生的厨房，面对锅碗瓢盆和红绿酸辣无处下手时，才突然意识到：她从一个饭来张口的大小姐转变成一个事必躬亲的家庭主妇，陪在他的身边贴心呵护了四五十年，是不是也曾有过跟他现在同样的艰难，绝望、无助和无依？

泪珠滚落油锅，噼啪作响。他终于明白：自己从来就不是她的王，而是被她，用爱给统治了一辈子。

婚姻这只旧碗

温凉

她嫁给他，心里一半怀了恨，一半怀了爱，但统统与他无关。

与她爱恨攸关的那个男人刚刚放弃了她。当然，有千种无奈和万般不舍，但最终还是放开了手。

她大病一场，像一只受重创的鸟儿，奄奄一息之际被他轻轻救起。他说，让我照顾你一辈子。彼时她又伤又冷，急需温暖，于是点了头，心中却满是悲凉。

他太过平凡，且少言寡语，他有的，无非是眼里的一份踏实和挚诚，这让她感动，但也只是感动。

他对她好得出乎她意料。

他下班比她早半个小时，每次她回到家时，他早已扎着围裙在厨房里忙活，从不用她帮忙。她坐下看电视，总能在茶几上发现他特意买回的点心，她最爱吃的那几样轮流出现。

她体质虚寒，冬天一到，双脚就冰一样冷。她说去买个热水袋，他却说那东西不安全，就帮她焐着。冬季的漫漫长夜，她的双脚贴在他的小腿上，可以明显地感觉到他的体温一点点渗透过来，像正在把他滚烫的生命传输给她。她感觉自己正在慢慢融化，像一块过完冬的冰。

三年过去了，他对她的好一如既往。她太习惯了，竟心生厌烦。日子终是过于平淡，而她是经历过精彩的人。她喜欢各种艺术品，尤其对瓷器有着不俗的鉴赏能力。从前的男友只要一有展览一定陪她去看，但现在这个男人却对此毫无兴趣，更别说与她探讨。她渐渐觉出两人的差距来。

而回忆此时开始在心底一点点复苏。是的，爱是无法轻易忘记的，何况是和她步伐那么一致的男人和美到销魂的爱情。三年岁月涤荡，当初的恨早已淡去，爱却不散，酒酿般在心里发了酵，搅得她神思恍惚。那个男人成了她心底的一件珍品唐三彩，高贵得不沾一丝烟火气。

而身边这个朝夕相处的男人，相比之下就成了一只再普通不过的家常瓷碗，捧在手里也能视而不见。

忽然有一天，她接到了一个电话，那头的声音说："我无法忘记过去，所以回来找你。"是那件"唐三彩"，浪子回了头。

他约她在从前两人常去的一家韩式烤肉店见面。她进去时店里正放着当年她喜欢听的歌，看来他是费了苦心要旧梦重温的。坐在椅上的男人，依然光鲜得像件保存良好的上品瓷器，三年岁月，只为他增添了成熟优雅。

他说“我正准备离婚，没有女人能比得上你”。

他说“我现在的财产足够让你随意买下喜欢的藏品，过上舒适的生活”。

他说“我派人详细调查过，你过得并不好，你丈夫又平凡又俗气，而且连一只最廉价的古董花瓶都买不起”。

烤肉在架子上冒着丝丝热气，她却一点点冷静下来。他滔滔不绝地说完，等她表态。

她轻声问他“如果调查我的人告诉你，我已成了个臃肿的黄脸婆，你还会不会来找我”。

他说“会”。他回答得太快，反而显出了不诚实。

她说“你知不知道是谁把我养得这么年轻水嫩？是我的丈夫。他为我做的，你永远也做不到。她说，我们过成什么样子，是我们自己的事，与你无关”。

说完她就走了出去，再没有回头，轻松，决然。

她从未这么心明眼亮过。

他查她查得如此仔细，不会不知道三年前正是因为他的离开，使她患了场重感冒，后来转成了肺炎。过了好久才治愈，却留下病根，受不得一点儿烟熏，所以她丈夫从来不肯让她下厨房。而那个一心记挂着旧梦重温的男人，根本没心思考虑到韩式烧烤的烟会刺激到她的肺。他也许还爱她吧，但就像他当初的离开已经证实的那样，终归是自私的，永远比不上那个为她戒了烟、学着做饭、暖着她过冬的男人。入心入骨地疼爱一个人，并不是每个说过的人都能不动声色地做到，而这个做到了的人，她得到就不愿再失去。原来感动和依赖，早已在同甘共苦的岁月里悄悄成长为爱情。

再午夜梦回，她心里一片坦然。唐三彩美则美矣，但只能锁在玻璃柜子里远远欣赏，不够真实；而手中的这只旧碗，天天捧着用惯了，倒生出种相依为命的怜惜和安然来。她愿意和他相濡以沫，一直走到天长地久。而记忆里的另一个男人，只是一程走过就无须回头的风景，从此，将相忘于江湖。

再有艺术品展览会，她不再嘲笑他的品位，而是拉了他一起去，给他细细讲解。毕竟婚姻不只是坐享对方的付出，还要积极给予，努力经营。她有足够的信心和耐性，而他居然也听出了兴趣。

经过一只宋朝的青瓷碗，他说“不过是只旧碗，值这么多钱吗”。

她说“当年这世上的碗何止几千几万，唯有这一只历经千年沧桑离乱的考验而完好无损，这是岁月的残酷，也是岁月的功德。一粥一饭的恩情里，自有股纤细绵长的力量，让两个原来陌路的人，相携着生生世世走下去。这碗里盛的是爱、珍惜、温暖和坚持。越长久，越珍贵，千金不换”。

他看着她的眼睛，那里面有一份参透世情的从容淡然以及幸福。他明白，她说的是他们的婚姻。

婚姻年检，幸福执照

晓绢

年检，为什么

婚姻难道不应该是交换戒指后就天长地久的事情吗？为什么还要年检？持有此疑问的人不在少数。我们也希望永远不用面对这样的疑问，但很显然，现实不允许。

“从此，王子和公主每一天过着幸福的生活，直到永远。”

这只可能是童话。且看现实中的王子与公主们，究竟有谁能做到？名门淑媛戴安娜未能与王子查尔斯白头偕老；职场精英文雅丽也与丹麦王子半道分手。不管怎么天造地设的夫妻，打算仅靠着一句“我爱你”

的誓言就天长地久，这远远不够。

说完王子与公主，再回看曾经热播的电视剧《金婚》，反差更大。一对吵吵闹闹的夫妻携手共度金婚，难道说他们的感情基础就比王子和公主更牢固？

答案当然是“不”。活在现实里的夫妻，在漫长的相守中，每一年都在反思婚姻与感情，检讨与改进对待婚姻与配偶的态度，这样才能渐入佳境。

正因为婚姻是这样的事情，所以就像公司营业执照要年检，职业资格证书要年检一样，婚姻也要年检。

假如把婚姻比喻成一辆车，你就能理解婚姻年检的意义了。在开了一段时间以后，让技师对它的每个部件进行检查，磨损过度的要换掉，存在隐患的要排除，这样才能保证它下一段开得更顺畅。

年检，怎么做

年检的目标是为了更加保障我们的幸福。一年又一年，以爱为前提，不断调整彼此相处的方式以期共同走到幸福终点，这是过程，而这爱着与幸福着的过程，本身又已是最棒的目标。

话虽如此说，但做起来可不简单。一年有 365 天，一天有 24 小时，而每天每时的相处，随时都会碰到问题，也随时都需要检查。

从新婚开始，每一年，随着两个人关系的日益加深，可能出现问题的领域都会有所不同。

在这里，我们为你提供了结婚前 10 年的年检重点，以供参考。

第 1 年纸婚

“逐渐丧失 / 亲密磁场 / 有盏红灯 / 凄然的发亮”，这是李克勤《纸婚》里的唱词，资料显示，闪婚者在结婚第 1 年离婚率最高。而相恋多年的情侣在此时也处于高风险期，虽然足够了解彼此性格，但婚姻意味着全面生活状态的全面改变，许多之前隐藏的矛盾一一暴露，最容易对习惯于恋爱状态的情侣造成冲击。

年检重点：生活习惯

是否同样早睡早起抑或晚睡晚起？是否同样饮食清淡或狂嗜麻辣？空闲时间爱外出游逛或家中休息？别小看这些零头碎脑的事情，它们一个月要困扰你 30 次，几次不在话下，要是长时间达不成协调可真要人命。赶着在还没有爆发之前，快快做好预案吧。比如找到双方都能接受的折中线，或是约好各按比例退让。

第 2 年布婚

这是幸福婚姻中至关重要的时段。许多矛盾经过一年来的累积，到此时进入质变期。而随着新婚激情的渐退，双方对许多问题的思考也趋向理性化——我爱他（她）？没错，但我不打算为他（她）完全失去自我。这样的方向是对的，人不可能天天活在蜜月中，但过程中可要把握好力道。

年检重点：财务

一小部分人在婚前就对财务问题思考得挺清楚了，签订婚前协议或是财产公证都很奏效。但，大部分人，或者应该说绝大部分人都没想得太明白。反正结婚了，钱搁在一起花呗。花了一段时间，发现弊病多多。“她每个月都把信用卡刷爆，还要我还！”“他爱买股票我不拦着，凭什么把我的存款也一道占用？”快坐下来商量个家庭财务计划吧，每个月提取多少做家庭共用，留下多少供个人支配，家庭投资谁来打理……相信我，经济基础是一切上层建筑的必要保障。

第 3 年皮婚

根据生物学家的研究，在结婚 3 年后，恋爱荷尔蒙的分泌已经趋于平稳了——打个比方，就像是刚卸掉浓妆后面孔总显得比平常更黯淡那种感觉，老是挑剔身边人在某些时候还不如陌生人。事实并非如此，只是大家对于配偶的期望值调得太高。进入这一阶段的夫妻虽然不再会有激烈的争吵，但极易为一些鸡毛蒜皮的小事频发争端。

年检重点：日常情趣

在网上和朋友滔滔不绝却懒得和家里那个人多说话？这可是危险信号，提醒你要尽快对婚姻生活查漏补缺。最重要的是多多搞些情趣小花样，或是培养一项共同的兴趣爱好，这些都是好选择，别嫌老生常谈，被常谈的才是真理。

第 4 年丝婚

不少都市家庭会选择在这个生活和感情都较为稳定的时段孕育宝宝。恭喜你们成功升级，但要特别提醒，此时正是家庭关系危机的高发期。怀孕期太太容易情绪不稳；产后容易发生忧郁症。这些都是对夫妻关系的挑战。

年检重点：家庭关系平衡

情感顾问经常处理这样的案例：新爸爸吃宝宝的醋，觉得太太的眼里完全没有自己了。而新妈妈也有怨言，明明孩子最需要照顾，先生这时候还特别事多。本应稳定的三口之家还不如二人世界来得安宁。所以，新任爸妈们，请把本年度的年检重点放在家庭关系平衡上，多多询问伴侣的心理感受，及时分享新来的幸福。

第 5 年木婚

将这个年份称为木婚十分恰当，一则形容它变得日益坚定，二则形容它犹如冲过多遍的茶，正在慢慢变淡，要是不用心经营，就会往味同嚼蜡的方向走下去。细节上的改善效果看起来不大，是时候在婚姻的基础内容上花点儿心思了。

年检重点：性

别管数据是否准确，先对照着《中国人性生活报告》比较一下看，你们的性生活在质量和数量上是否还令人满意？上一次令人惊喜的床戏是在多久以前？如果不想那么早就和他兄妹相称的话，快把性生活当成本阶段主抓重点吧！

第 6 年铁婚

有惊无险地进入第 6 年，可切莫掉以轻心，“七年之痒”近在咫尺，而以现代人的快节奏生活，说不定危机已悄悄潜伏。在此时段，我们的建议是增加小规模检查频率，少食多餐，对婚姻生活的各方面来个摸底排查，消除隐患。

年检重点：共处时间

许多欧美国家的夫妻，越来越重视家庭时间。晚上早早回家，关掉电视机，一家人做填字游戏或是聊天，爱情亲情恰到好处。这点非常值得学习，而我们经常碰到的情形是，一对精英夫妻只在深夜见一面，剩下的时间全在应酬旁人。请务必在日程表上留出给配偶、给家人的时间。

第 7 年铜婚

不管你承认不承认，“小三”已成为社会话题。只要事情发生了，伤害就不可避免——甭管委曲求全还是一刀两断。直面现实，最好的办法就是防患于未然。

年检重点：外遇

不要把时间浪费在追究“他出差为什么没给我带礼物”，或是“他表现得不够爱我”上，配偶表现出点儿审美疲劳没什么大不了，但假如行装中有限量版香水却托词是带给同事的，或对床事能推就推……快行动，希望还来得及。

第 8 年电婚

孩子该上幼儿园了，先生又升职了，而身为女主人的你，也许已经过上全职主妇的生活，人人羡慕，多么幸福的一家！确实不错，但千万要小心，我们的主妇文化并不如欧美国家发达，稍不注意就会成为“住家婆”，与时代脱节又不自知。

年检重点：充电

这对女性是有点儿不公平，她得承担绝大部分的家庭事务，但又要保证自我成长，否则那一大一小就会嫌你“老土”。没关系，你告诉自己，只有更优秀的人才会面临这些挑战。报名修习课程、参加品质俱乐部、多旅游……都是提升自我素质的好途径。

第 9 年陶婚

仍然延续着这一阶段的命题，该如何增强自身实力，才能让孩子骄傲地邀请你去为他开家长会，才能让先生在任何需要晚宴伙伴的时候都想到你，才能让朋友们以你为标杆而努力？除了内在修养的加强，在外表上也要重点下功夫。

年检重点：个人魅力

同样是明星，张曼玉 40 岁向上仍然令人倾倒，却有人 30 刚出头就被讥“应该退隐”，可见年龄并非决定因素，你也没理由在此时就放任自己进入师奶行列。女人什么时候都应对美保持热情，再坚持提升内在气质，闪亮熟女一样能赢得掌声。

第 10 年锡婚

根据大量的实例研究表明，今年过后，婚姻的幸福度将进入一个稳中慢升的区间。绝大多数问题都在这 10 年得到了解决。也许仍有老房子失火的状况发生，但你们的灭火能力也早已锻炼到超一流。

年检重点：交际圈

拓宽思路，从外部环境来对婚姻进行年检。你们的交际圈重合度有多大？这其中是否有会威胁到婚姻幸福的因素？你是否有自己独立的朋友圈？其中有哪些朋友在紧急关头是可以信赖的？哪些又会给你带来积极正面的影响？

10年之后，婚姻仍有很长的路要走，年检也要依然继续。不过这时候，相信对婚姻颇有心得的你，不再需要别人来告诉你应该如何做了吧，只希望你把年检精神发扬光大，一路走到金婚、钻石婚……或者是创造个什么新的纪录。

离别

林非

一个高大而挺拔的背影，终于消失在匆匆奔走的人群中间，消失在候机大厅的尽头。真可惜自己的眼睛无法跟着他拐弯，要不然的话，就能够瞧着他登上飞机了；更遗憾的是自己这双眼睛，无法看见地球的那一边，要不然的话，就能够瞧着他在芝加哥走下飞机了。

当我正忧郁地陷入沉思时，肖风轻轻拉着我的手腕，我们的眼睛默默对视着，我怕她会哭起来，她却在凄婉的神情中，勉强地露出了笑容，像是自言自语地摇着头，说："为什么不再回头瞧我们一眼？"

不算太大的候机厅，跨过去几十步路，就迈到了那一端，其实他已经有多少次回过头来。除非他不远行，永远厮守在我们身边，否则总会有今日的离别，我们度过了多么闭塞和单调的青年时代，当儿子在吮吸着肖风的乳汁时，我们甚至连做梦都不敢想象，这逗人喜爱的小家伙能有远渡重洋负笈留学的机会。

肖风说过多少回，我们早已失掉走向世界的机会，应该让儿子去外面闯荡一番，认识整个人类，是如何打发自己日子的。大概是因为志向高的缘故，才出乎我的意料，止住了即将流出的眼泪。

我们身旁有个也在送行的母亲，瞧着她儿子匆匆离去的背影，“呜呜”地哭了起来，我的心变得沉甸甸的，猜测着自己的儿子，此时已经坐在飞机上了吗？我突然回想起几十年前，自己比儿子现在还要年轻得多，最心疼我的母亲希望我赶快离开令人忧伤的家乡，去上海的中学念书。于是在一个阳光明媚的早晨，我跟她告别上路，当时她眼睛里也闪烁着像肖风这样痛楚的光芒。她强打着精神嘱咐我：“用功念书，别想念家里。”我当时丝毫没有觉察，她那颗疼爱我的心已经沉甸甸地坠落下去。直到今天我才懂得：因为我这颗沉甸甸的心，刚才也在往下坠落啊！可是我已经无法向她倾诉了，只有默默地祝愿她，在泉壤下安息。

肖风怎么会变得如此坚强，竟还劝这位哭泣的母亲说：“儿子去留学，多好的事。干吗要哭呢？”

我觉得自己的眼眶里涌着泪水，绝对不敢开口说话，怕这轻轻的震颤，就会使泪水掉下来。我默默地拉着肖风，悄悄地走开了。

回家的路上，望着一棵棵碧绿的大树在车窗外慌张地往后退去，像是很忙乱地跟我们挥手告别。我们轻轻地说话，回想儿子刚学会走路的那一阵儿，左手紧紧地拉住我，右手紧紧地拉住肖风，在绿茵茵的草地上迈步。他望着高耸的大树，望着天空中漂浮的白云，那一双乌黑的眼睛，闪烁着神往而又奇异的光芒，还老在“咯咯咯”地笑。我们一起瞧着他又大又亮的眼睛，想问他为什么笑，他当然还不会回答这样深奥的问题。

一个懵懵懂懂的儿童，怎么瞬间就变成聪明、潇洒的大学生了？怪不得我的头发全都花白了。儿子有一回询问我柏拉图和西塞罗的掌故，虽然都读过一点儿，却还是回答得不好，而他的许多兴趣和爱好也已经跟我们迥然不同了。譬如说他就否定了我们十多年前教他如何欣赏音乐的见解，认为这不是为了陶醉在迷人的旋律中，而是要宣泄人世间的烦恼和痛苦。肖风曾背着儿子悄悄地跟我说：“大人这么爱他，他有什么痛苦？”

“每一代都会有自己的痛苦。”我迷茫地摇着头，顿时觉得儿子已经长大，已经走出了父母悉心为他营造的小天地。

深夜里，三个人海阔天空地闲谈，是全家最欢乐的时刻。肖风提起了儿子的婚姻大事，这已经在她心里翻滚了许久。

想不到平时总乐呵呵的儿子，竟带着点儿伤感，带着点儿嘲讽的口气说：“你们两位教授的工资，加起来都不及一个卖菜的小贩挣得多，能有漂亮的女孩儿看得上生在这种家庭里的儿子？”

肖风愤愤地说：“总得看人本身的价值！”

“妈，收起你高雅的理想主义吧，它已经过时了。”儿子轻轻拍着肖风的肩膀，阻止她再往下说，装着很深沉的样子笑了。

好胜的肖风却不愿跟儿子辩论，隔了一阵才悄悄地跟我说：“克林顿够了不起吧，可是在他母亲的眼里，永远是个小孩儿。”

就是在那天夜里，儿子说要去考“托福”和“GRE”，之后他很快考完了，还考得很好，而且得到了芝加哥一所大学的奖学金。这时候我才清醒地意识到，儿子快要离开我们了。不是吗？他正坐在那一架远航的飞机上。

回家的路上，我们回忆着有关儿子的往事，感觉刚开了个头，就到家了。推开门，我们觉得阴凄凄、冷飕飕的，尽管外面正是晴朗、灼热的盛夏天气。往日的欢乐都到哪儿去了？哦，在那一架刚离开地面的飞机上。我顿时又想起母亲送我远行前说的话——好男儿志在四方！是啊，总得这样一代代地活下去，总得让年长的一代去咀嚼人世间这苦涩的滋味。

肖风走进儿子的小屋里，轻轻抚摩着他写字的桌子，抚摩着他今天早晨还睡过的被褥，眼泪终于掉了下来。从今以后，她会天天关心芝加哥这座陌生的城市，思念着儿子此刻正在那儿干什么，她会永远悬着一颗心，祝福着那像谜一样遥远的地方。

总是被爱着，却不曾谢谢你

请为你的父母骄傲

梧桐

长期以来，父母都为我而骄傲。小的时候，我的成绩好，长得又漂亮，父母带我出去，总能收获一大片赞扬和羡慕。每当听到别人用惊奇的语气说："啊，老吴，这就是你儿子。小家伙长得真不错。读书怎么样？什么，年年都是三好学生？不简单不简单。"这时，父亲就会得意地摸着我的脑袋，佝偻的腰板也骄傲地挺直了，母亲脸上的每一条皱纹也都舒展开来。

后来，上了大学，每个月打电话向父母要生活费都是理直气壮的，因为是我让他们一夜之间有了所谓的知名度。从我收到那张名牌大学录取通知书的一刻起，父亲和母亲不再是那个几千人大厂里默默无闻的一分子。提起他们的名字，听的人就会说“噢，知道，他们有个儿子在北京念大学”。

后来，我进了一家外资公司工作。虽然只是普通的办事员，但是不时从我嘴里蹦出的“MBA、GDP”更让父母看我的眼神里充满了敬畏。别人家的孩子下岗的下岗、失业的失业，自己的儿子挣的却是美金。唉，我的父亲母亲，想不骄傲都难啊！

我俨然成了一家之主。家里有什么事，父母亲第一个想到的就是打电话征求我的意见。即使觉得我的意见有不妥之处，也只是小声地发表自己的看法。待到我用鄙薄的语气说他们老眼光、没见过世面、井底之蛙时，他们就会连声说“听儿子的，听儿子的，他见过世面，比我们有主意呢”。

我从来没觉得有什么不妥。我很少在同事面前说到自己的父母。他们那么平凡，甚至只是这个繁华都市里最卑微的底层劳动者。

直到有一天，办公室来了一位新同事。他频频说起自己的母亲，言语之间充满了骄傲。他说“母亲很漂亮，母亲很能干，母亲还会唱好听的山歌……”我们都知道他来自农村，可是在他的描述中，我们印象中的农村老太太渐渐变了模样，幻化成一个李双双似的美丽的农村妇女。

有一天，同事说请我们去他家吃饭，因为他母亲来了。等见到他母亲，我不禁在心里笑骂，这小子，真会吹牛。他的母亲，是一个又黑又瘦的老太太，像一粒风干了的枣子。见我们去了，讷讷地连招呼也不打就往厨房里躲。同事把母亲拉出来，挨个儿给她介绍，这是小李，这是王姐。他的母亲很局促地笑着，同事却一直亲热地搂着她、亲热地叫着妈，并且问我们："我妈是不是很漂亮？我妈炒的菜是不是很好吃？"我们味同嚼蜡，"嗯嗯"地应着。同事看出了我们的不以为然。在他母亲洗碗的时候，他对我们说，你们不知道，母亲年纪轻轻就守了寡，农村的日子对一个单身女人来说有多苦呀，可她不靠别人施舍，硬是凭着自己的一双手供我念完了大学。我没听她叫过一声苦，喊过一声累，我为自己拥有这样的母亲而自豪。

我们不约而同地沉默了，或许都在那一瞬间想到了自己的父母，想到了自己对父母那些无理的埋怨——只因为父母不能为自己买房，不能拿钱给自己做生意，也没本事给自己找个好工作。我们理所当然地认为，自己是父母的骄傲，自己给父母长了脸面，可我们什么时候，为自己拥有这样的父母而感到骄傲过？

那个晚上，我没有回自己的出租屋，而是回了父母的家。参加工作后，我嫌弃父母的房子又脏又乱，光线不好，自己租了房子在外面住。看到我回家，母亲兴奋地要给我做夜宵，父亲则去给我烧洗脚水。

我的眼睛湿润了。年轻浮躁、夸夸其谈的我每天唾沫横飞地指点江山，鄙薄自己年迈的父母，觉得他们理所当然地应该为有我这样"争气"的儿子而骄傲，可我从来就没有想过，他们是如何认真而努力地生活着。想起来，真正浅薄的是我。我是父母的骄傲，父母不也是我的骄傲吗？

投降

李代金

你年轻力壮，你想建功立业，你一上战场，就勇往直前，见了敌人，你挥刀就砍，敌人一个个倒在你的刀下。你越杀越兴奋，你觉得砍一个人如砍一个西瓜。你哈哈大笑，在敌军里横冲直撞，你所到之处，横七竖八地躺着敌人的尸体。敌军的将军见你一个士兵在他的大军里如入无人之境，大惊失色，亲自拍马来战。

将军低估你了，他想，你在马下，他在马上；他使的是长枪，你使的是短刀——你必定死在他的枪下。他一冲上来就往你身上刺，但你就地一滚，不但躲过了他的枪头，而且滚到他的马下，手中刀一挥，将马腿砍掉半截。战马一声惨叫，把将军掀了下来。你赶紧趁机滚过去，砍下了他的脑袋。

敌军大吃一惊，没想到你一个士兵竟然打败了他们的将军，他们赶紧往后逃。你的将军见你打胜了，赶紧挥军乘胜追击。这一战，你们大获全胜。

战斗结束后，将军请你去吃饭、喝酒，还不住地夸奖你，说你机智勇敢、武艺超群，是个难得的将才。

从此之后，将军把你留在了他的身边，他要着意培养你。

从此之后，每有战事，将军都让你当先锋，打头阵。将军这么看重你，你当然乐意效力，即使粉身碎骨，也在所不辞。

你打了一场又一场胜仗，你砍了敌军一个又一个将军的脑袋，你攻下了一座又一座城池。将军喜出望外，不断地奖励你，给你美酒，给你美女。

将军还将你的功绩上报朝廷，皇上得知有这么一个人才，十二万分地高兴，提拔你当了将军，让你率精兵五万继续冲锋陷阵。皇上还特地御赐了美酒让你和你的军队享用。

皇上这么器重你，你决定好好报效他。于是你不断地向敌军一座又一座城池发起进攻。你所向披靡，敌军望而生畏，继而望风而逃。你不费吹灰之力，不损一兵一卒，就一连得了五座城池。

坐在城楼上，你喝着御赐的美酒，哈哈大笑。你豪情满怀，你觉得自己是盖世英雄，前途无量。

你的军队还没有好好休息，你就又下令向下一座城池发起进攻。你说你要乘胜追击，要速战速决。

当你率兵赶到下一座城池时，敌军却挂起免战牌。你破口大骂，你让士兵都骂敌军，骂敌军是胆小鬼，是怕死鬼。敌军却置之不理。你知道敌军怕你，不敢出战。于是你挥军攻城，可惜城墙又高又厚，打了一天一夜，你的部下牺牲了不少，却毫无进展。你不得不下令停止进攻。

坐在帐篷里，你一个人闷闷不乐地喝酒。从来没有你攻不下的城池，你发誓一定要拿下这座城池，否则你决不撤军。

你让士兵生火做饭，说饱餐一顿再继续攻城。当你率军再次攻城的时候，敌军已经做好了更加完善的防御准备，结果你的士兵一个个倒在敌军的箭下。你的士兵越来越少，你不得不又一次下令停止攻城。

你决定不攻城了，你把城池围了起来，你要断敌军的粮草，等敌军不战自乱。你这一招果然奏效，敌军见你围城不攻，害怕起来。你骑上高头大马，到城下叫敌军投降，说降者免死，否则破城之日，鸡犬不留。但敌军却不肯投降。

时间一天天过去，你天天去叫敌军投降，可敌军就是不肯投降。你束手无策，只得紧紧地围着城池，不放一只鸟雀入城，不放一只鸟雀出城。

突然有一天，你的部下告诉你说粮草不多了，你于是赶紧派人去催粮草。结果粮草没来，敌军的援军却来了，反而将你的部队围了起来。你陷入包围之中，腹背受敌，你不敢再拖下去了，赶紧挥军突围后撤。虽然你的士兵英勇，但敌军的士兵也不怯懦，这一战，打得天昏地暗。你的兵力不足，才三万余人，而敌军十万之众，结果你一败涂地。虽然你最终成功突围，但损兵折将，所剩残兵不足三千。你也身负重伤，伤痕累累。

你一直退到了黄河边，才得以停下来。以前攻下的城池，全都还给了敌军。这次出征，你损失惨重。你向朝廷上奏，要兵马五万，一定要报仇雪恨。

兵马没要来，老板却来了，拍拍你的肩膀说：“小伙子，你已经欠下一百多块钱了，该给了！”你吃惊地说：“有这么多？”老板说：“你在我这儿吃喝玩乐都几天了，才这点儿钱，还算多？快给吧！”你摸摸口袋，没有一分钱。你望着老板说：“让我先玩玩吧，钱我一定会给你的！”老板说：“不行！都欠这么多了，赶紧给钱吧！”

你起身，走到柜台，拨了个电话，通了，你大声说道：“妈，赶紧给我送三百块钱到‘极乐世界’来！”你母亲说：“孩子，你出门七天了，该回来了！不是已经给过你一百块钱吗？怎么还要钱？你要钱干什么？”你生气地说：“别那么多废话，赶紧把钱拿到‘极乐世界’来，否则我死给你看！”你已经十八岁了，高中毕业了，但你无事可做，你母亲早就因你伤透心了，但听你这么一说，便连忙答应了，问你：“‘极乐世界’在哪里。”你感到好笑，说：“‘极乐世界’都不知道，在糊涂街啃老巷八十八号四楼！”

你笑着挂了电话，然后扑在柜台上打瞌睡。你睡得正香，有人拉你又摇你，你总算醒过来了，是你母亲。你一看时间，你母亲不到十分钟就赶来了，不用说，她是打的来的。你说：“把钱拿来！”你母亲就掏出三百块钱给了你，说：“你看看你，人不像人，都瘦得皮包骨头了，赶紧把账结了，跟我回家！”你甩给老板两百块钱，对你母亲说：“你回去，这儿没你的事了！”然后，你坐了下来，你要率兵报仇雪恨。

你母亲过来，对你说：“你到底回不回去？”你生气地说：“不回，不回，就是不回！你再不走，我就去跳楼了！”你说着狠狠地瞪着你的母亲。你母亲看看你满是血丝的红眼睛，含着泪，终于退了出去。你得意地笑了起来。

这时，你得到了朝廷的五万兵马，你挥师前进。你又一次包围了敌军，你叫敌军投降，敌军却破口大骂，说你是手下败将，说你有本事就来攻城呀！你心里拿不准了，你能攻下这座城池吗？你突然发现，敌军不会向你投降，老板不会向你投降，唯独你的母亲会向你投降。

你决定投降——向你的母亲。于是你冲出了门。老板在后面大声叫你，你去哪？怎么不玩了？你充耳不闻，径直下楼去了。

你在大街上飞奔着，去追赶你的母亲。你知道，在你母亲的眼里，你不是将军，但你是王，是她永远的王，她永远向你俯首称臣，她永远对你唯命是从，她永远满足你的一切需求——哪怕让她粉身碎骨，她也在所不惜，万死不辞！

对父亲的误解和真相

〔美〕斯蒂芬·波尔特　高文辉译

下面是一些对于父亲及其影响的普遍看法。

1. 父亲和母亲在养育子女中扮演同样的角色。

错。在养育子女的过程中，父亲的角色主要在于如何寻找工作、解决问题，如何达到职业目标。母亲也在发挥作用，但主要在价值观和人际关系方面，并发挥相对于父亲影响的女性平衡作用。对于孩子的发展，父母双方都起着重要而不容忽视的作用。重点在于理解父亲对你事业发展的贡献，因为他会影响你从事的工作。

2. 子女从父亲身上学习果断自信，从母亲身上学习情商。

错。人的三种基本感情是爱、恐惧和愤怒，父亲越能以健康、有效的方式与孩子们交流这些感情，子女成年后在事业中越能表现出良好的情商。同事之间的个性冲突，可以追溯到我们对这三种感情的表达和理解能力的不足上。

3. 与继父或者相当于父亲角色的人相比，生父并不对孩子有更大的影响力。

对。养育方式不只限于血缘关系。你的职业选择和工作角色，可能不是受到生父影响，而是在你成长中扮演了重要角色的男性。也有可能不止一个人影响到你，比如生父和继父都具有极大的影响力。

4. 人们能够克服父爱缺失的过去，发展出具有积极作用的父亲因素模式。

对。父亲离去或者父子关系恶劣，不等于你注定要重演历史或者延续父亲的负面言行。你可以做出必要的改变，在职业、个人生活和人际关系上都表现出色。理解父亲而不是责备父亲，这种能力是一个人成功的关键，也是父亲因素发挥正面作用的基础。愤怒和敌意是强烈而短暂的动力，无法支撑你的事业，也不能满足专业和个人发展的需求。

5. 父亲会影响子女的一生。

对。即使父亲去世了，仍会影响你的职业关系和事业发展。一般而言，父亲去世前，人们都低估了父亲对其人生的影响。而父亲去世了，仍有许多人不明白，父亲因素如何从过去对个性的影响扩展到现在的职场生活。其实，在父子或父女关系的相互作用下，你对工作抱有的价值观，早在多年前就形成了。

6. 子女们不可能从他们憎恨的父亲身上学到任何有价值的东西。

错。所有子女都从父亲身上学到了相当多的东西，而且，完全可能在情感上超越对父亲的愤怒与怨恨，不断取得进步。分析父子关系获得的重要启发，能帮助你成为好的经理、管理者或者父母，帮助你在职业上做出必要的人际关系调整，迈进更高的职业阶段。

7. 并非所有的子女都渴望或者需要积极、正面的父子关系。

错。每个孩子都寻求、渴望与父亲的情感联系。必须在情感上承认对父爱的渴望和依赖，否认这种与生俱来的冲动，会造成人的情感空洞，并在职场中表现为不与客户、下属和他人建立紧密关系。

8. 子女到了一定年纪，就不再需要父亲的赞许和支持。

错。不管年纪大小，我们都想获得父亲的赞许和支持。赞许和支持是一种心理需要，也是一种自然的父子关系互动方式。肯定与接受自己、喜爱自己是解决问题的办法，但很多人却选择在职场中寻找认同，这将衍生出各种职业和个人问题。父亲缺席所引发的问题，不可能在职场中得到妥善解决。

9. 人们在童年时受到的情感和精神创伤，会妨碍他们取得事业成功。

错。成长中与粗暴的父亲冲突不断，不一定会重蹈覆辙或者在职业选择中受到负面影响。洞悉自己如何长大，父亲如何对待自己，就能控制自己的事业选择。

10. 年纪很小时，孩子们就开始关注父亲对待工作和金钱的态度和行为。

对。有关金钱和工作的事情，子女们都会像老鹰一样从远处盯着父亲，看他怎么对待这些问题。你对待金钱和工作的方式，直接来自对父亲在这两方面的态度、举动和想法的观察。

石板路上踏过的青春

骆非翔

他作为教育局的年轻职工，被安排去川西的贫困地区考察。他坐了一天一夜的车，其间从大巴转到小巴，再从小巴转到马车。后来走了两个多小时的山路，终于来到了一座大山的山口，这个山口通往的地方就是他要去的村子。

村长已经带人在那里等他了。村长见到他，连忙上去和他握手，说：“陈老师，欢迎您到我们半托村！”

村长引他上了一条去村子的山路，道路上铺着平平整整的石板。村长指着路说：“这路是同学们为了欢迎您的到来，特意重新翻修的。”“为了欢迎我，特意把路都重修了？”村长憨实地说：“是啊！我们村子三年没有来过老师了。”

他，只不过是一个来考察的老师，孩子们却为他翻修了整整一条山路。

在那条山路上走了很久，到了学校。

他进了那破陋的校舍，在那几乎废弃的学校操场上，他看到孩子们早已经排着队迎接他，看他进来，全部敬了礼。他随着村长来到孩子们面前，村长大声地说道：“同学们，让我们以最热烈的掌声欢迎我们新来的陈老师。从明天开始，你们又可以上学了！”

孩子们热烈的掌声猛地响了起来。只有他，呆呆地看着村长，轻声说：“村长，我不是来教书的，是来考察的。”

村长愣了，问道：“您不是上级派来支教的吗？”他掏出介绍信递给村长，说：“我是来考察的，不是来支教的！”村长脸色顿时凝重起来。由于消息传达失误，乡里把他说成了来支教的老师，让村里的老老少少都空欢喜了一场。村长沉默了一会儿，对他说：“陈老师，既然您来了，我还是想请您利用考察的这几天时间，给我们的孩子们上几课，可以吗？”他欣然答应了。

那三天，他就在破陋的教室里为孩子们上课。从早上到下午，再到晚上，没有一个学生离开。孩子们的饭菜都是家长们送来的，他们不想让孩子们错过一点点可以学到知识的机会.

三天过去了。因为要赶乡里最早的车，在那个寒冷的凌晨，他开始打点行囊。村里的大人都拉着小孩儿来送他，有一个叫格吉的孩子用瘦小而有力的肩膀扛起了他的行李。他走在那新修的石板路上，心里满是愧疚和忧伤。村长带着孩子们一直把他送到山口，他从小格吉的手中接过包，然后双手合十对村长说：“我只教了三天书，这样的盛情实在受之有愧啊！”

村长用憨实而笨拙的口气说：“一日为师，终身为父，孩子们送你就是送自己的父亲！”

他的眼睛湿润了，他独自打着手电走了，再也不敢回头。走了很长很长的路之后，猛然听到后面传来脚步声，他用手电照去，不由得一惊，居然是小格吉。他问：“格吉，你怎么跟来了？”格吉轻声地说：“我只是想送送您。”他挥手说：“不送了，你回去吧。”格吉又说：“我还是送送老师吧，因为路上有狼，上次要来的老师就是走到这条路上，遇到了狼，被狼吓回去了。”他心中猛地一沉，想起这些年，有很多因为吃不了苦从支教前线退却下来的老师，他们总是编出许多虚伪而幼稚的理由，而孩子们居然都相信了。他上前搂住小格吉，说：“你送完老师，不就要一个人回去了吗？你就不怕狼吗？”格吉羞涩地一笑，半天才吞吞吐吐说：“怕……可是，我们更怕老师不回来了啊！”

就在那一刻，他的眼眶再一次涌出热泪。他一把搂住小格吉，说：“既然你怕，那老师就陪你回去吧！”格吉惊喜地问道：“老师，您不走了吗？”他含泪微笑着坚定地说：“不走了！”就这样，他重新踏上了那条为他重修的石板路，在那片荒凉的土地上留了下来，支教整整三年。

请你记住他的好

范春歌

我居住的这座城市多水，因此，常有救人和被救的故事发生。

20世纪80年代的一个夏季，武汉某工厂组织青年职工到东湖游泳。一件意外的事情发生了：有位女工不留神游进了深水区，由于水性不好加上慌乱，腿部抽筋。就在她一边挣扎一边呼救的时候，同厂的另一位男青年游了过去，试图将她拖离深水区，而求生欲望使得这位女工将男青年紧紧抱住。其实男青年的水性也不太好，被她抱住之后，两人同时往下沉，情况十分危急。

这时，一位正在附近游泳的小伙子发现了这一幕，他带着手里的救生圈，奋力划向了素不相识的两位男女。他的游泳水平也不高，他唯一能做的是让那两位溺水者抓住他的救生圈。

可是，一只救生圈承载不了三个青年人的重量，三个人很快一起往下沉。就在生死存亡的那一刻，小伙子做出了一个后来让这座城市无数市民震惊和崇敬的决定——他松开了自己的双手。

开追悼会的那天，被救起的两位青年哭着跪倒在小伙子悲痛欲绝的父母面前。他们说，从此我们俩就是你们的儿子和女儿，我们一生都要报答他的恩情，一生都要像他那样为人。

二

十八年后，我回忆起当年那则新闻，他们能否实践当初的诺言？

根据当年那则报道的线索，我找到被救的两位当事人所在的工厂。毕竟十多年过去了，这座工厂早已停产，工人大都已下岗自谋职业。后来终于找到厂里干部中的一个知情者，他向我提供了一条线索：听说那位男青年在外面干得很不错，发了大财。而且发财的过程又是一个很戏剧性的故事。据说他离开工厂后，揣了点儿路费南下去广东找工作，半路遇见一起车祸。当时他乘坐的长途车正巧停在路上，有辆小巴士翻在路边，眼看车里的人都不行了，围观的人还在看热闹。他拨开人群，将伤者送往医院。担心医院不抢救，他还将自己的那点儿盘缠垫付了医药费，又守在那里等到伤者醒过来，帮助他和家人联系上。

哪晓得这位伤者是香港一家企业的老板。那人苏醒过来后，拉着年轻人的手激动地要付给他一大笔感恩费，还要让他从此留在身边，一生不为衣食发愁。

这些都被男青年谢绝了。他说，我没有什么文化，也没有什么本事，留在你身边也不妥。我正好在找工作，你给我介绍一份可以自食其力的工作足矣。

后来，他就在老板设在广东的一家企业里打工。由于勤奋好学再加上老板的提携，没过几年，他就创下了不小的家业，现在人在国外发展。

这个故事听起来像一段传奇。我感叹之余，还是关心他当年的承诺兑现了没有。还有那位年轻的女工。厂干部遗憾地说，男青年的情况他仅知道这么多，女青年离开工厂后，在家门口守着一个电话亭，听说境遇一直不太好。至于怎么找到他俩，厂里实在无能为力。

在失去被救者线索的情况下，我不得不去找英雄的父母，寻求一个答案。

三

时隔数日，我找到了那两位老人所居住的一个军队离退休干部休养所。当紧闭的房门开启后，我看见了两张沧桑却不乏慈祥的面孔。他们将我迎进了儿子当年的房间，十几年来一切都仍按原样摆放着。儿子是在夏天走的，天冷的时候，他们还不忘在儿子床上添棉被。

在这间朴素的小房里，我见到了他们永远二十一岁的儿子，他是那么英俊、那么阳光。他在黑色的相框里向我微笑着。我问他的父母，他可曾谈过恋爱？

年迈的父母告诉我，他爱过，也被人爱过。他去世前正谈着恋爱，那是一个非常好的女孩儿。

我望着相框里的小伙子，如果他健在的话，如今已是一位四十多岁的中年男人了。

我不忍心但还是问了，问了那两位被救者的情况。二老平静地说，他们年年来。男青年无论在世界的哪个地方，每年的清明节都要赶回来去墓前祭扫，去年还将墓地重新修葺了一遍。他还在广州买了一套房子，请二老去住。平日里经常打电话嘘寒问暖，只要回武汉就一定会上门来探望。女青年也时常来帮忙做家务，挡都挡不住。

也巧，就在我们谈论时，男青年打来了长途电话。我听见他在电话里喊他们爸爸妈妈，而两位老人呼唤他的小名“斌斌”。父亲高兴地说，斌斌又要回来探家了。母亲说，对做父母的来讲，亲生儿子是世上任何人也替代不了的，但是两位年轻人十几年来把我们当亲生父母看待，让我们感到莫大的安慰。

后来，我见到了叫斌斌的男青年。不，如今四十多岁的他已不是青年人了。他说那次东湖被救事件影响了他的一生，最重要的是教育了他如何做人。他还谈到了英雄的父母，他们从未向他提过任何物质上的要求，倒是十分关心他的人生道路。

最近，他在广东捐建了一所学校，想让英雄的品质一代代传下去。

四

后来，我又根据二老提供的地址，在汉口一条拥挤的小巷里，见到了当年那位被救的女工。提到十多年前的那件往事，她仍禁不住泪流满面，泣不成声。她说自己活得平平淡淡，但是，她一直坚持着做一个好人，也教育她的孩子这样做。虽然守着一个电话亭，生活比较清苦，但她从不多收顾客一分钱，收费的公道在这一带是有口皆碑的。

谈到对英雄父母的孝敬，她又哭起来，觉得自己报答二老的能力实在无法和那位男青年“斌斌”相比。每次去二老家只能抢着干点儿家务，但二老总不忍心让她干，把她冻红的手焐了焐，还说看见她登门就已让他们快乐和舒心了。

我告诉她，二老说得有道理。

我还想对她说，虽古人云“滴水之恩，当涌泉相报”，可是能从沙漠里捧滴水回赠恩人，也足以证明人心的泉眼并没有堵塞，这滴晶莹的水珠能获得天下人同样的尊敬。

她家窗外就是长江。这座城市多水，每年救人或被救的故事仍在继续。

青春的记号

王越

一

墙角，一堆细细的碎泥，蹿出一两只蚂蚁，在上面携手，雀跃，期待。这座茅屋，墙是泥，顶是草，尽显岁月沧桑。

窗外，黑云压村村欲摧。夜，像一条长长的蛇，吞噬了山村的梦。生活，穷困潦倒。

二

那天，老师来访：“这娃学习不错。”父母高兴，宰了家中唯一生蛋的那只老母鸡。她的心底，希望开始萌芽，要走出大山，看看外面的世界。在这落后的村子里，希望往往会被落后的思想压碎，然后消失。家，其实早已不再完整、温馨。父亲，因为想要一个男娃，把生下来的两个女儿送人抚养。最终的事实却与父愿相违，有了她，父亲抗不过命，生了场大病，留下她与母亲，留下遗憾，带走无尽的埋怨、叹息，离开了人世。生活，举步维艰；母亲守着父亲的坟，任风吹白了头发。“要不要让娃辍学？”这个家，如今是负债累累。她靠着墙，泪水打湿墙上的泥，泥正在小块小块地脱落。希望，像瓶中等待发芽的种子，永远见不到阳光和雨露。

乡村的田野，是一片落泪的刺玫。父亲的坟，凝结成小小的乡愁，父亲在里头，她在外头。风轻轻拂来，吹干了泪痕。山路弯弯曲曲，每走一步，再回头一望，父亲的坟墓，孤独而又寂寞，渐渐变远，像一座铜雕，伫立在风中，送别远去的女儿。她泪流成小河。

母亲突然间变得异常坚强，要努力地活下去。既然有了生命，就必须用双手去喂养；既然有了希望，就应该用汗水去浇灌。小学五年级，她忙着准备小考，一切是幸运的，至少她没有辍学。班上转来一个男同学，他有一双智慧的眼睛，她总是这样认为，于是内心开始躁动不安。那一年，她 11 岁，父亲走了，而他出现了。生活、命运、父爱，如今给她的是千疮百孔。她喜欢看他写字，两个沉默的孩子，怀着不同的心事。他的字写得很漂亮，如夜空中一只只闪烁飞舞的萤火虫，画出一道道美丽的弧线，像希望，像梦想。她笑了，嘴角露出了两颗洁白的小虎牙。他抬起头，一双眼睛充满疑惑。她低下头，脸如六月的太阳。他俩，他不懂她的快乐，也不懂她的忧伤。

那一年，她的生活一直是阳光灿烂，整个冬天，坐在墙角的炕旁，看着红红的火苗，她想起了他。于是，她懂了聂鲁达的诗：我喜欢你是寂静的，仿佛你消失了一样。

母亲正为过一个好年一针一针地缝着布鞋。“明儿到集上卖个好价钱。”

三

如果说一个人的青春是从 12 岁开始，那么在后来的日子里被岁月刻上的一个个疤痕，就是青春的记号。于是，青春是道明媚的忧伤。

成长，是一个轻松的话题，却是一个艰难的历程。

四

她考取了镇上最好的中学，母亲忙着凑钱。

中学里他和她相遇，淡淡地问候。她偷藏了一个秘密，一个与她年龄不相符的秘密。风的心事写在云里，有一种情愫在她的内心深处荡漾、挣扎。看到母亲被岁月磨老的脸，她想，一定要努力学习。有一句话说“你的面前没有海，潮起潮落因为心”。于是，她决心要做天上飞的凤凰，只待一切面朝大海，春暖花开。

时间走得很快，不管你是幸福还是悲伤，它拖着懒孩子一样的脚步，一年又一年，春夏轮回。

中考如期而至，她载着母亲的全部希望。

在她接到县一中通知书的时候，母亲跑到父亲的坟前狠狠地哭了一场。

山村，在她去县一中读书的前一晚热闹了很久，村长送来钱，左邻右舍送来好吃的东西。屋子里的小桌子一下子丰富起来，母亲感动得只顾抹泪，那些伯伯婶婶又是夸赞又是笑。这一切，像一场电影，她是主角，只待一切收场。母亲静静地抽泣，说：“明儿，娃就走了。”她转过头，感觉孤零零的，泪水肆流。

五

生活如酒，苦不堪言；希望如糖，芳香四溢。

在县一中，她和他相视一笑，一切似乎在冥冥中早已注定。于是，他把她写在过去，而她把他写满一生。高中里的恋情在各种压力下仍春风吹又生。有人忙着高考，有人忙着分手，最后，曲终人散。她还是一个人，守着自己的梦，藏着自己的心事。他身边有了个女孩儿，于是，她与他们面对面走过去，站在教学楼门口，望着满是灯火的教室，一个人哭泣。远处夜空，突然噼里噼啦，烟花升空，以一种华丽的姿态轰然绽放。不知不觉中，泪水模糊了语言，不知谁点缀了谁的梦，谁又凋谢了谁的容颜。母亲请人捎来鸡蛋。“要好好高考。”

激情的六月过后，高考终于结束。一些希望开花，一些希望枯萎。

母亲千里迢迢来看她，大学录取通知书就像一道彩虹。他还是知道她的秘密，也许是她害羞的脸庞，也许是她炽热的眼光。从一开始，她就知道他有一双智慧的眼睛。

两个人，相遇、相知，但他不懂她的欢喜，犹如她不懂他的故事。一切在他的委婉拒绝中结束。她用青春做的赌注，却输给了时间。在他转身的彼时，万籁俱寂。

六

回忆是座城，圈住了姐妹的骨肉，圈住了父母的回忆，圈住了他，可渐渐地，一个一个离开她的世界。每个人消失后都留下无比惨烈的空白，让她一个人困顿其中。

小时候，父母、姐妹，组成一个家。

11 岁那年的青春，开始喜欢、单恋。

当她踏上开往大学的列车时，他踏上了复读的历程。

七

母亲站在父亲的坟前微笑着说："娃有出息了，村长都给她贷款，全村老少为她挂彩，我俩是世界上最幸福的爹娘。"

八

山，一座座；路，一条条；青春的脚步，像山、像路。

一生只为梦实现的一瞬，一瞬决定一生。

8 年的青春，没有灯红酒绿，一切如昙花一现。也许，我们都需要爱，才在 8 年中脆弱、疼痛、寂寞。如今，记忆如潮水般，令人愁肠百结。青春，似忽明忽暗的火，化做一首首美丽的歌。

春春散场，她用微笑和努力迎接明天的太阳。

那个渡你的人

林特特

逸兰读书时，成绩很一般。

一日，她翻杂志，杂志用两个整版介绍一位诗人。

诗人剃寸头，戴眼镜，T 恤衫下的两条胳膊，肱二头肌鼓鼓的。再看他的诗作，才华横溢。逸兰瞬间被吸引了。

这时，逸兰17岁，高三。对未来，她突然有了清晰的目标——去西北，诗人执教的高校。

整整一年，那本杂志都被她压在枕下，她曾指着诗人的照片对闺密说：“这个人，我一定要和他谈恋爱。”

竭尽全力，心想事成。这年9月，读会计专业的逸兰在中文系旁听时遇见诗人。

她加入学校的诗社，着意研究、模仿诗人的作品。一次，诗社成员郊游，诗人作为嘉宾也参加了，诗社主席介绍到逸兰时，用“小李杜”代称，“李杜”是诗人的笔名。

两年后，逸兰终于和诗人出双入对。

当然是她发起的进攻。她旁听了诗人所有的课，总坐在第一排；她每周都拿着新诗去求教，诗人赞她“有灵气”“用心”。久而久之，诗人爱上了她。

许多年后，逸兰笑称，诗人影响了她一生。

说这话时，逸兰正端坐在茶室的一角，宽袍大袖，皓腕凝雪，澄黄的茶汤被她抛成一条好看的弧线。

其实，逸兰很多地方像诗人的复制品。

和诗人在一起后，逸兰陆续发表诗作，在当地的诗歌圈成了名人。她毕业之后，先当会计，彼时，诗人下海，办杂志、做主编，她帮着、看着，索性入了这行——为避嫌，诗人推荐她去一个朋友那儿当了编辑。

逸兰在新岗位上兢兢业业，她的两任领导都对她青睐有加，第一任有一半是因为诗人，另一任则完全为她的工作能力。

逸兰唯一一次挨批，还是和诗人分手时。诗人坦言有了别人，但他没和“别人”分手，也没说要离开逸兰。僵持了半年，逸兰快疯了。一日，在单位，她抓起电话，一边哭一边骂，最后她把话筒掼掉，电话线拽着话机“咣当”落在地上。

“再这样下去，你只能走人了。”领导把她叫进办公室。

“走人就走人！”逸兰的心情糟到极点，再一想，本来这份工作就是诗人给的。“都还给他！”一个声音对她喊道。

逸兰离职前，将潮湿的手心按在办公桌的左右两角良久，一如多年前，她在诗人的宿舍里嬉笑着模仿他站在讲台上的模样。

电脑前的仙人掌，用来练字的字帖、毛笔，都是诗人送的。座位隔板上贴着作者、同行的联系方式——他们中的大多数是诗人介绍的。左侧柜子第三个抽屉里的伞，是上次下雨诗人接她时带来的，他说：“特地多拿一把，放在办公室，留着备用。”那时，他们多么要好，她曾惊叹于他的细心、体贴，全然没想过，这些他也会用在别人身上。

最后，逸兰只用文件袋装走从业以来获得的所有获奖证书。

剪碎诗人所有的领带，逸兰拖着行李去了另一个城市。

从租房到买房，从几人一间的办公室到专享一间，逸兰的这几年，用一句话概括：事业成功，生活孤单。

她和诗人彻底失去了联系。

这并不意味着，他们之间已无交集。比如，今天，她收到最新的诗歌年选，第24页是她的作品，而扉页的评委名单中，赫然印着“李杜”。

时间能治愈一切伤痛，此时的逸兰已不介意提起当年事。

但转角遇到旧爱，哪怕在纸上，她还是有些恍惚，她将自己的名字和“李杜”二字看了又看。不知道，他在案头看到她的诗作、她的名字时，有无一样的感慨？

逸兰拨通了他们之间共同的朋友的电话。

她问起李杜。“李杜一直说，在不同场合都说过，你是他见过的最有灵气、最用心的。”

评价一如当年。

“他后来总说对不起你……”朋友稍后的话逸兰都自动忽略了，被她忽略的还有朋友对她的恭喜，她的一本新书在图书排行榜上创造了佳绩。

“最有灵气，最用心的。”逸兰想起，诗人第一次这么说时，还是在大学诗社。那一刻，她站在众人面前，带着征服的窃喜。

是的，最初，她只为吸引他的注意，才不断写，把自己掏空了写；后来恋爱结束，她发现和诗人在一起时迎合、复制的种种，包括诗、职业、事业、爱好、习惯，早已变成她自己的。

几天后，逸兰在茶馆等人，看到一本杂志。杂志“情感信箱”栏目里，有女生问专家，怎么解决对前男友的恨。

专家答：“换个角度想，他可能是那个促成你离开故乡、到大城市闯荡的原因，你取得今天的成就，可能是他不经意间促成的，他即使不是陪你终老的人，也是你的命运派来渡你的人……”

事实上，这几天，逸兰无时无刻不在想她和诗人的旧事。

分手后长达一年，她夜夜恸哭到天明，她如碎片，如她亲手剪掉的那些领带。但不可否认，这些年在她努力成为更好的自己的途中，他曾推过她一把，她因此多看了风景、多体验了精彩。

手起壶倾，姿势娴熟。面前的人问她：“嘿，你什么时候开始精于茶道？”“前男友、一个诗人，他爱喝茶。”“那，写诗也和他有关？”“是。”逸兰笑着说，“他算是影响了我一生。”

那些怨恨也该放下了。

因为被爱的人需要，我们才变成更勇敢的自己

美丽的谎言

月近人

一

大哥把她娶进门的时候，我才 13 岁，执意不肯叫她嫂子。在我的印象中，姐姐要比嫂子亲近多了，为弥补自己没有姐姐的遗憾，我宁愿叫她姐姐。娘逼着我改口，她反倒劝慰娘："小妹愿意这样称呼就由她去吧，我就做姐姐好了。"没想到被我言中，她成了我永远的姐姐。

知道她和大哥的恋情，是在大哥参军后不久，他们往来的书信一下子让两家人看出了端倪，立刻引起轩然大波。

听说，她出生的那一天，她的父亲恰巧因车祸去世。我娘因此认为她的命太硬，竭力反对她与大哥的婚事。那时，她在镇上的小学当民办教师，她的家人也嫌大哥只是个当兵的，说她好歹能有“民转公”的一天，怎么着也应该嫁个有公职的人。他们的婚事磕磕绊绊了3年，才修成正果。只是，富有戏剧性的结局是：大哥考上了军校，而她依旧没有摘去“民办”的帽子成为公办教师。

娘总归是迷信的。婚后没多久，她便被打发到老房子里住。老房子是爷爷奶奶留下的住处，低矮阴暗。她一副逆来顺受的样子，也不反驳，一个人躲在房间里哭得跟泪人似的。看她孤苦无依的样子，我自告奋勇地说：“姐，别怕，晚上我和你做伴。”

我上初中后，离家远了，早晨得早起，每每被她叫醒，两碗面已经摆在桌上，她一碗我一碗。我用筷子在她碗里一翻，下面是玉米面饼子，而我的却是鸡蛋。她怜惜地说：“你长骨头长肉的年纪，应该吃好点儿。”可我知道，她怀孕了，反应厉害，整个人像失水的叶子，憔悴不堪。我争不过她，便一直享受着这种特殊待遇。

不知什么原因，她小产了，而就在这一年，身体一向硬朗的父亲突然病倒，辗转各地治了半年，还是带着对家人的牵挂撒手人寰了。她的小产和父亲的去世，让娘为她的“命硬犯克”找到了最好的佐证，冷言冷语动辄从娘嘴里甩出来。她并不言语，在母亲面前越发小心翼翼，让人觉得可怜。

二

父亲去了，家里像天塌了一样。为给父亲治病，家里欠了一屁股的债，二哥结婚的彩礼还没有着落。媒人传话说，女方嫌我们家穷，流露出退婚的想法，娘愁得整天唉声叹气。

那晚一家人围着坐在一起，商谈以后的生活打算。娘对我说：“村里上高中的女孩子没有几个，早晚逃不过一个‘退’字，早退晚退没什么分别……”大哥和二哥都低头不语，倒是她说：“小妹的学不能退，我还有些私房钱，先拿来给二弟做彩礼吧。”她的声音还是怯怯的，却把母亲镇在那儿，有泪从母亲脸上滴落。我在心里喊“我的傻姐姐”！

二嫂刚一过门，便嚷着：“趁大哥在家，把家分了，迟早的事。”既然要分家，母亲挑了日子，找来堂叔，把房子做了阄，把债务也摆出来让兄弟俩均摊。二嫂却撒起泼来，对二哥骂：“你许诺过的，说新房是给我们的，你还信誓旦旦地保证，不会有债务，今天你要是敢摊一分钱的债务，今天我就和你离婚！”娘气得浑身哆嗦，一旁的她坐不住了，大声喊道：“别吵了，我住旧房，也不用找差价……”

我忙上去捂住她的嘴，担心她情急之下会说出“债务我也担着”的话来。我把身怀六甲的她拉到一边数落，她说：“还不是怕娘生气上火吗？千年的姑嫂，万年的妯娌，一家人穷算计什么……”

家总归是分了，以她揽了大半的债务而告终。娘大病了一场，我知道娘的病是因我而起，在分家文书上，娘执意要写上她百年之后，我的生活要由两个哥哥负责，直到我能自立那天为止。这样的条款，马上遭到二嫂的质问：“那学上到什么时候是个头？难道要我们管上一辈子？我只养老的不管小的！”

我听不下去了，气呼呼地站起来说：“二嫂，你放心，就是有要饭的一天，我也不会讨到你门下。”娘一个巴掌打过来，带着哭腔骂我：“孩子，你咋这么不懂事，话不能说得那样绝，怎么着也是你哥嫂，他们不会看着你不管。”

三

娘是在说了这句话半年后突然离去的，死于心肌梗死。想起母亲当年那有着太多无奈的话语，我悲痛欲绝。想必娘早就洞悉了自己身体的不适，才向哥嫂提出了那个卑微而又奢侈的要求。

那一年我20岁，离高考还有不到半年的时间，在老师苦苦挽留的目光和同学惋惜的表情中，我卷起行李向大家辞行，泪洒了一路。看到我回来，她惊愕地张了张嘴，忙放下怀中6个月的小侄，问：“小妹，发生什么事情了？”我泪水在眼窝里打转，说：“我想出去打工。”“你怎么这样任性？没有妈了，还有姐呢，十年寒窗苦，只等金榜题名时了，你怎么就轻易放弃了呢？”“姐，我不能再拖累你了，小侄太小，民办教师的工资又微薄，即便考上大学，昂贵的学费也……”她打断我，说：“这是一家人说的话吗？不管什么时候，姐都不会不管你的。”第二天，她就把我“遣送”回学校。

不久之后，我收到南方一所重点大学的录取通知书。欣喜之余，上面“学费5500元”的字样，却使我没有勇气将它送到她的面前。她却还是知道了，像中了头彩一般欢呼雀跃。

临行前，她陪我到父母坟上祭拜。她扑在坟前，像个受尽委屈的孩子，号啕大哭，我想不出她这么悲伤的缘由。哭了好久，她抹了一把眼泪，平静得没有表情，说：“我们回去吧。”

四

大学 4 年我没有回过一次故乡，往返一次千余元的路费割断了我的归乡之路。大哥偶尔会邮些钱过来，只有她常常来信，告诉我家里的每一点变化：小侄长高了，老房子翻新了，她转成公办教师了。信的末尾她总会叮嘱：学费我已经准备好，不要只顾着打工，耽误了学业，要注意爱惜自己，有适合的男孩儿就处一个……

毕业后，我有了比较体面的工作，终于可以从容地给她一个惊喜。那天的掌灯时分，我努力想象着她在信中描述的青砖大瓦房的模样，然而，到了门前，看到的依旧是那栋破旧的房屋。给我开门的是一个满面沧桑的中年男子，我疑心敲错了门，迟疑着向里张望，一下子看见了她——我 4 年没见一面的姐。我扔了手里的东西奔了过去，一下子抱住她，半晌，我指指那男人问："他……他是谁？"

她好半天才说："我男人。"我惊诧万分，忙问："我大哥呢？""我们离婚了。""离了？什么时候的事？""孩子满周岁，我们就办了手续，我不让你大哥告诉你，我选择了离婚不离家。你的学费大多是你哥给孩子的抚养费。"

我忽然想起她扑在父母坟上号啕大哭的情形，原来那时她就心如明镜，只是她把所有的苦楚都咽在了肚子里。

"是我主动提出来的。"她又说："你大哥一时糊涂，让一个女人怀了孕，如果不离婚，那女的就要告你大哥，我只有成全他们。这是我的命，我认……"

那一晚，我和她抵足而眠，我问她："姐，你还有多少事情瞒着我？你的民办教师转成公办了？"她不语，呵呵地笑。"还有，你爱那个男人吗？"她的笑声一下子凝固了，顿了一下，说："他待我很好。"我又问："你恨吗？这个家给了你那么多伤痛，你为什么还这样待我？"她摇摇头，说："这么多年的相处，亲情已经深入骨髓，不会因为关系的改变而疏离。况且，你一直把我当成姐姐，我岂有不管不问的道理？"

忽的一下，我心里最柔软的弦就被触动了，灯光下我久久凝视着她，就是这个矮小，羸弱还有点儿苍老的女人，这个不是亲人的亲人，用爱的谎言，给了我最贴心的关怀，用最仁慈的心为我撑起一方晴空，让我在漂泊无助的岁月里还能心安理得地接受她真诚的帮助和慷慨的给予。

我扳过她的肩膀，紧紧拥着她，4 年悠长的时光，过往那些善意的谎言，成了我心里最美的忧伤。我知道，就算我一无所有，也会拥有她的爱；我亦知道，即便世俗的一切都离她而去，我也会一生一世都守候在她的身边。

我用我的明媚等着你

丁立梅

她是我在住院时认识的。因阑尾发炎，我住了一阵子院。她和她的丈夫，与我在一个病房。一次意外的交通事故，她的丈夫被撞成重伤。经过抢救，他已脱离危险，人却沉睡不醒。医生说，他可能要变成植物人。

这样的灾难落到谁身上，谁都要呼天抢地一番，从此，愁云笼罩，天崩地塌，生活中再没有欢乐。我见到她时，委实吃了一惊，她太时髦、太漂亮了。初冬的天，她一袭薄呢裙，脸上化着淡妆，口红却抹得鲜艳，像朵开得正艳的花。长头发盘起来，刘海鬈鬈的，覆在额前。显然经过精心打理。

她在病房内唱歌，唱得很开心。她讲很多趣闻，说到开心处，大笑不已。大家看她的眼神有些怪怪的，背后没少议论，说这个女人没心没肺，丈夫都这个样子了，她还有心思打扮说笑。他们还预言，过不了多久，她肯定会弃夫另嫁。她有这个条件，人长得好看，也还年轻，据说，还有一份不错的工作。大家对睡在病床上、毫无知觉的那个男人抱以极大同情，不停地感叹：夫妻本是同林鸟，大难临头各自飞。

倒是她，仿佛对眼前的不堪视而不见。每天，她总要抽出一些时间，溜出医院去。回来时，手里准会带回一些“宝贝”——淘来的衣服，有丈夫的，有她的。或者一些打折的首饰；或者搬一盆花回来，一路灿烂着。花被她安放在病房的窗台上，精神抖擞地开着，或红或黄，把一个病房映得水红粉黄。

午后时光，人犯困。她把淘来的“宝贝”披挂在身上，在我跟前走起 T 台步，脸却朝向她的丈夫，频频笑着问他，你看我漂亮吗？很漂亮的，是不？她的丈夫自然没有反应，她却乐此不疲地走着她的 T 台步，乐此不疲地问着这些话。

深夜，我一觉睡醒，发现她不在病房内。我推开阳台的门，看见她坐在阳台上，淡淡的月光，在她身上镀了一层银光。她看上去像幽暗处的瓷器，闪着清冷的光。她听到门响，转过脸来，我看到，一行“明月珠”坠在她的腮旁。她在哭。

我愣住了。她的苦痛，原来藏在深夜里，藏在无人处。她抱歉地对我说，吵醒你了？我说，没有。也只能这样安慰她道：“他会醒过来的，一定会的。”

她伸手抹抹眼睛，笑了，说：“我知道他会醒的。他喜欢我打扮得漂漂亮亮的，他喜欢我开开心心的，所以，我要打扮得好看些，等他醒过来。”

我为之动容。再看月下的她，身上竟有了圣洁的光芒。

两星期后，我出院。她送我到医院门口，把一款淘来的挂件塞到我手里，告诉我搭配怎样的衣服会好看。她像是对我说，又像是对她自己说“无论什么时候，都要漂亮啊，这样才会有好心情，好好活”。

这以后，我们也偶有联系，我打电话去，或她打电话来。每次电话里，她都兴高采烈地向我描述，她穿什么衣服，戴什么首饰，又淘到什么好宝贝了。我的眼前，便晃着一个年轻的女子，刘海鬈鬈的，口红抹得像朵盛开的花。她漂亮得让人仰视。

春暖花开时，我把她给的挂件找出来戴上，配了她说的那种颜色的衣服，果真漂亮。电话在这时突然响起，电话那端，她喜极而泣地告诉我，他醒了！

我笑了。这是我意想中的结果。我从来不曾怀疑过，她一定会用她的明媚唤醒他。因为生命真正的奇迹，在于不放弃，努力好好活。

爱是我们最后的希望

杏林子

很多年前，曾看过一篇翻译的小说，述说的是第一次世界大战时发生在欧洲战场上的一个故事。

当时，德法交战，战况激烈，双方都死伤累累。

一次战役后，双方暂时偃旗息鼓，开始清点死伤的士兵，同时派出医护人员巡视战场，抢救伤患。由于医护人员不足，只能先抢救那些一息尚存、有痊愈希望的伤患。对于那些伤势过重，根本不可能有生存希望的伤兵来说，就只有放弃了。

有一位法国士兵伤得极重，奄奄一息，不能说话，也无法动弹。军医检查了一下他的伤口，对其他人摇摇头说："伤得太重了，恐怕活不到明天早上！"

说罢，就丢下他，转身巡视其他伤兵。

这个法国士兵大惊，内心十分焦灼惶恐，他不断地在心里呐喊："求求你们，不要丢下我不管啊！救救我，我还不想死……"

只不过，他伤得实在太重了，发不出任何声音来阻止他们，只有眼睁睁地看着他们离去，心中充满悲哀绝望。

战场如死一般地沉寂，身旁除了那些死去的伙伴，再也没有一个人。

夜，越来越深，他感到死神一步步向他逼近，他恐惧极了。他不能死啊！他不想死啊！他还有美丽的妻子、初生的婴儿，他们需要他，而他，还年轻啊！

他的眼皮越来越沉重，不断地往下垂。他很清楚，只要一昏迷，他就永远醒不过来了，永远回不到他的家乡，见不到他的妻儿了。

他努力抗拒着死神的召唤，为了保持清醒，他强迫自己回想以往那些美好的日子。

他的出生地——法国南部乡下一个美丽的小镇，一望无际、随风起伏的麦田，他的那些小玩伴，一起在麦田中追逐嬉戏，多么快乐无忧的童年啊！

十七岁时，他认识了现在的妻子，她金黄色的头发在阳光下闪闪发亮，一双清澈的大眼睛比夏日的晴空还要明亮。他立刻爱上了她，那是多么甜蜜和令人陶醉的岁月啊！美好的青春、真挚的爱情，将他们彼此深深地吸引着。

至今，他仍然记得，他们第一次的约会、第一次的拥吻、第一次的……可爱的她终于接受了他的求婚，他欣喜若狂，恨不得把这个消息告诉全世界的人。

婚后没有多久，他们就有了自己的宝宝。当妻子告诉他这个消息时，他满怀感恩之情：上苍如此厚待他，人生将幸福圆满、一无缺憾。

抱着初生的婴儿，他有着为人父的骄傲，这是他生命的延续。他默默告诉自己，一定要好好栽培儿子，让他接受最好的教育，顺顺利利地长大。然而，此刻他却无助地躺在战场上。天哪，他不能死啊！他不能让美丽可爱的妻子年纪轻轻就做了寡妇，让尚在襁褓中的稚子成了无父的孤儿！他不能死在这里，他一定要回去，他的妻儿都在等着他。

夜色渐渐退去，天亮了，医护人员再一次巡视战场，发现他一息尚存，惊讶地说："这个人原来已经没救了，居然还能撑到现在，真是奇迹！"

他们把他抬回后方，在医护人员的悉心照料下，这个法国士兵终于恢复健康，回到他日夜思念的故乡，回到他妻儿的怀抱。

这个故事深深感动着我，它告诉我：支持我们活下去的最大的力量就是爱！我病了这么多年，身心所遭受的磨难实非外人所能想象。特别是在几次濒临死亡的边缘，连医生都已经摇头叹息时，只要一想到年迈的双亲，我便深感不能丢下他们不管，不忍心让白发人送黑发人。

我还有很多爱我也为我所爱的朋友。我多么舍不得离开他们！对于这块土地，我眷恋日深，还有很多事想做……每次想到这些，求生的欲望油然而生，一次又一次，我打败了死神，转危为安，别人都以为是奇迹，我说"不是"，是因为"爱"！

想想看，在我们的一生中，有多少值得我们爱的人和事，有多少牵挂和不舍，尽管生命中也有那么多磨难和眼泪，但因为这些爱，就让我们好好活下去吧！

因为你，我忘记了羞涩

风信子

典雅的脸庞，纤弱的外表，黑色的头发，以及飘忽不定的性格，这些元素集结在一起，构成了叫乌娜·奥尼尔的 16 岁。她几乎是 20 世纪最美丽的女人的代名词，她的美丽除了肉眼可观的神秘面貌，更多的是来自于她的羞涩。当她走入一个人声鼎沸的房间时，房间里的人会马上停止交谈，深情地凝视她，像怜爱一件易碎的中国瓷器。而走入房间对她来说，更需要足够的勇气，因为她是羞涩的，她的羞涩无以复加。

1942 年初，当后来以一部《麦田里的守望者》影响了一代美国青年的作家塞林格被好友带领第一次去拜见乌娜·奥尼尔和她的母亲时，他被乌娜深深地吸引住一点儿也不奇怪。在未来的几十年里，人们谈到乌娜，还总将她和杰奎琳（肯尼迪的妻子）相比。另一个重要的原因是乌娜拥有一个在塞林格眼中伟大的父亲——尤金·奥尼尔。1936年获得诺贝尔文学奖，为尤金·奥尼尔带来了极高的声誉。乌娜是他和艾格尼丝短命婚姻的产物。

塞林格和乌娜很快就开始约会了，在曼哈顿的各个角落留下他们甜蜜的身影。塞林格对于爱情没有太多的经验，却有着独特的认识：真正相爱的人是不可能在一起的。这种隔离感和悲剧美让他和乌娜·奥尼尔一开始就没有了方向，塞林格想去参军，当珍珠港的炮火将每一个美国人都不可避免地拖入战争时，他终于如愿以偿。在塞林格的心里，远离不过是为了更好地相爱，在乌娜·奥尼尔的心里，远离不过就是远离。

这段恋情单纯得可笑，也短暂得可笑。乌娜·奥尼尔离开了曼哈顿来到了纽约，她第一次见到喜剧之王——查理·卓别林。那一年，乌娜17岁，查理·卓别林53岁。卓别林后来回忆他第一次见到乌娜·奥尼尔的情景时说："我发现她真是一个光彩照人的美人，魅力藏而不露，温柔可亲，这是最惹人喜爱的。"他们进行了长久的谈话，双双跌入爱河。

这段爱情一开始就阴云密布。尽管乌娜·奥尼尔的父亲尤金·奥尼尔自己的生活混乱得一塌糊涂，但他可不希望自己的女儿嫁给一个混乱的人。查理·卓别林的生活也规律不到哪里去，他的身边美女如云，在乌娜·奥尼尔之前他已经有过三次婚姻，在和乌娜·奥尼尔坠入情网时，他的绯闻也没有间断。

在所有的麻烦都清理完毕之后，乌娜·奥尼尔和查理·卓别林结了婚。他们的婚礼上了全球报纸的首要位置，塞林格和别人一样，在报纸上看到了他们结婚的照片。怒火中烧的塞林格在随后创作的小说中，狠狠地羞辱了卓别林：他就是那么一个小个子，永远被大个子追，永远也追不上女人。让塞林格不能释怀的是，就是这样一个小个子，追去了他的女人。

乌娜的到来使卓别林开始拥有一种从前不曾有过的安定感觉和幸福感。查理·卓别林，银幕上的喜剧之王，生活中的浪子，他用一生的时间在消除贫穷带给他的心理阴影。“饥寒与穷困给人的羞辱，可能更会影响一个人的心理。”父母的过早离异，母亲的精神病发作，让卓别林天才的搞笑下面埋藏着深深的恐惧。这种恐惧只能靠一部接一部的作品和一个又一个不同面孔的女人来消解。

在他真正悲伤无助的时候，也许只有乌娜才能疗治他的伤痛，一个事实是：在卓别林和乌娜结婚之后，卓别林一改平日的作风，开始了脚踏实地的生活，在别人一片不看好声中，这次婚姻以足够长的时间延续下去，直到卓别林去世。许多人感慨卓别林和乌娜是著名的老少配，却不知他们经历了多少波折——世俗的目光、彼此生活习性的改变、父女反目、政治的重压。“卓别林夫人”这个称谓，让乌娜成熟坚强起来，共同经历的苦难将两人牢牢地捆在一起。

1952年，正在外演出的卓别林被美国政府驱逐出境。他们在欧洲流亡，不久后，在瑞士的德班堡永久定居下来。在卓别林的努力下，乌娜回到加利福尼亚，按照丈夫的主意，她将所有的银行存款换成支票，再将支票缝进大衣的夹层里。乌娜就是身穿这件大衣，躲过了海关的检查。回到威卫小镇，她将夹层中的支票存入瑞士银行。假设在此过程中，她有丝毫的犹豫迟疑，卓别林的一大笔财产就会丢失。完成这一切之后，乌娜放弃了美国国籍。

从羞涩的少女，到机智的类似特工的女人，乌娜完成了她人生的重大转变。她为卓别林生了8个孩子，也担当起了卓别林和孩子们的保护神。

乌娜非常适应“卓别林妻子”的角色。她时而朴素，时而讲究，却始终保留了一份纯真。在波伏娃随同萨特慕名去拜访卓别林时，乌娜在整个晚餐中的表现是一言不发，却控制着大局。

卓别林在回忆自己以往生活中的女人时，没有一句褒奖。他在自传中说：“在我的生活中，我最感兴趣的仍是创作。我不打算在这里长篇大论地侈谈性爱，我认为这类描写是没有艺术性的，是不能动人感情的，是毫无诗意的。”只有在乌娜这里，卓别林才神采飞扬地说：“我们开始了天作之合的最幸福的生活。”“我一心只想将一切都毫无保留地献给她。”在卓别林的自传的扉页上，他写道：献给乌娜。

1977年平安夜，家里人将查理安顿在他自己的房间里，让门敞开着，以便他能聆听到回荡在别墅内的快乐祥和、热闹非凡的喜庆之声。

第二天早晨，该唤醒他并祝他圣诞快乐的时候，他被发现已在睡眠中安然辞世，享年88岁。对一位曾给世界人民带来如此之多的欢笑和鼓舞的人而言，这一天无疑是悄然谢世的好日子。

卓别林和乌娜结婚之后，再没有好作品问世。对于电影来说，这真是一个重大的损失，而对于卓别林来说，在瑞士的宁静幸福家居生活何尝不是一种快乐人生呢？

1991年，乌娜·奥尼尔死于胰腺癌。这个被誉为美国半个世纪的美的化身去了，在这个美女如云的时代，恐怕再没有一个美女能担当起如此的称号了。

你是我的药

张毅静

起初，伊丽莎白·巴莱特家里的光景是很不错的。她有11个弟弟和妹妹，有极其宠爱她这个长女的父母，一大家子人住在英国西部风景如画的乡村里，美丽聪颖的她简直就是茜茜公主。可惜，命运只给了她短暂的美好时光。15岁时她从马上摔下来跌伤脊椎，23岁时母亲去世，接着，最心爱的一个弟弟因为陪伴她去异地养病，意外溺死。魔咒之下，父亲的事业开始衰落，他变成了一个易怒、暴躁、行为乖僻的老人……

后来，她和家人住在了伦敦的温波尔街。她把悲哀、内疚、痛苦和希望一并写进诗里。1833年和1838年，她先后出版了《被缚的普罗米修斯》英译本和诗集《天使们》。伦敦阴冷潮湿的气候使她的健康状况越来越坏，整个夏天，她强打起精神让人抱下楼晒一两次太阳；整个漫长的冬天她都只能蛰居在床上。若不是有诗，这个女子这辈子也许就这么完了，看到她这样的诗句“我一环又一环计数着周身沉沉的铁链”，让人心酸。

上帝派来了拯救她的天使，化名罗伯特·白朗宁，时年32岁。

她比他大6岁。不久前，38岁的她偶然看到这个年轻人的近作《石榴树》,感觉不错,就给了较高的评价。她是已经成名的诗坛“大姐大”;罗伯特是一个诗人，也是一个戏剧家。他喜欢用心理分析手法来讲述故事，但这种尝试却遭到了很多人的非议，这种状况让他孤单而又绝望。“举世难逢一知己，谁人解我曲中意？”写作的人得遇前辈的好评，强烈的喜悦酝酿成澎湃的激情，他抓起笔来就给她写了这样一封信：亲爱的巴莱特小姐，你那些诗篇真叫我喜爱极了……而我也同时爱着你！

接到信，她笑了，心想，真是个爱激动的傻孩子！爱我？爱我什么？我这个样子，还会有人爱？

但“我爱极了你的诗篇……而我也同时爱着你”这话犹如一道光，艳艳地照进她幽暗的心房。

诗人对爱的渴望，只会比常人多百倍、千倍，何况，这是38年来第一次有男人向她示爱。

然而她终究是一个有教养的庄重女子，而且年近不惑。按捺下心头的种种思绪，她只是给他回了一封谦逊、亲切的长信，意味深长地说：“心灵的共鸣是值得珍惜的——对我来说，尤其值得珍惜……”

年轻人受到了她的鼓励，他的信源源不断地涌到了她面前。文学、艺术、生命、爱情、死亡，他们无话不谈。四个半月，他们互通了几百封书信。红笺小字，层层心事可表。

后来，很自然地，他提出要见面。

可是，她说“不”。她坚定又软弱地拒绝着。

不是不想见，是因为情怯、因为自卑、因为害怕而不敢见。

感情是至纯至美的东西，她真的怕他承受不住这残酷的现实从她的生命里消失。一次，两次，她都拒绝了，但到第三次，她挡不住了。她想见他的心，哪里就比他少一点点了？

于是在1844年的春天，他走进了她的城堡。

缩在沙发深处的她紧张得瑟瑟发抖，像一朵在风中轻摇的栀子花。常年不见生人、不见阳光，使她有着深闺弱质特有的干净与娴雅，她那种羞答答怯生生的情态使他感觉她像一个睡在篮子里需要人时时照顾的婴儿。他俯下身，牵起她的手，深深地行了个吻手礼……

如果先前他说爱她，那是因为她的旷世才华使他爱慕她的灵魂，那么现在，当他亲眼见到她，他才知道他命中注定要成为她的守护者。于是3天后，白朗宁的求婚信送达她手中。

独自对着那封信，她哭了。但最终她还是理智地拒绝了，并请求白朗宁“不要再说这些不知轻重的话”，否则友谊也将无法维持。

白朗宁体恤地答应了。他知道她不是不爱他，而是自卑深重的她感到无法减缩他们之间的那些悬殊差距，这使她不敢去拥抱幸福。

依然是信件不断，连同一朵又一朵饱满娇艳的玫瑰花，他把自己的心完完全全地摊在了她的面前。她感动地含泪写下了这样的诗句：

我背后只有个神秘的黑影在移动，而且一把揪住了我的发，往后拉；还有一声吆喝（我只是在挣扎）：“这回是谁逮住了你？猜！”“死。”我答话。听哪，那银铃似的回音：“不是死，是爱！”

在爱的激励下，最震撼人心的事情发生了。每当我想到这里，总要忍不住心潮起伏——这个已经在床上瘫了23年的女子，依靠这个男人给予的爱，居然哆哆嗦嗦地站了起来。

在没人的地方，当她无数次地跌倒又爬起、爬起再跌倒时，当她一步一步踏出脚步迈向幸福时，任谁看见都会瞪大眼睛：原来那早已经被太多人嘲笑甚至鄙视的爱情，真的具有如此强大的魔力。

有一天，大家都在。她慢慢地顺着楼梯走了下来。所有人都惊呆了。她，伊丽莎白，会走了？

伊丽莎白看着大家，调皮地笑道：“看你们这副样子，就仿佛我不是从楼梯上走下来，而是从窗户里走下来似的。”

白朗宁禁不住热泪盈眶。他冲过去，像护着瓷器一样护住她。

爱情是什么？是光、是力量、是活下去的勇气、是幸福的召唤、是——医我的药。

在短短不到两年的时间里，一个卧床23年的女子不但站了起来，竟然还可以渐渐走下楼，踏上鲜花盛开的小径，沐浴在灿烂的阳光里。也就在那一段时期，她开始写下献给白朗宁的《葡萄牙人十四行诗集》，她的才华在这里达到了顶点。

当白朗宁第三次求婚时，伊丽莎白答应了。除了年龄，现在，他们俩之间已经没有太多阻隔。而年龄，如果当事人不在意，根本不算什么。

可是障碍还是出现了。伊丽莎白的父亲，那个乖僻的老人，坚决不答应他们的婚事。他不答应他任何一个子女的婚事，并以取消财产继承权相威胁。他大发脾气、大吼大叫，把伊丽莎白吓得昏了过去。

苏醒后，伊丽莎白叹了一口气，说道：“爸爸，我不是孩子了，我已经40岁了。我在床上瘫了23年，我好不容易遇到了生命中的爱——除了死亡能够使我们分离，这个世界上再没有任何力量可以拆散我们。”

1846年9月12日，40岁的伊丽莎白和34岁的白朗宁悄悄地举行了婚礼。一周后，伊丽莎白带着忠心的女仆和爱犬，以及那些见证他们爱情的书信，随白朗宁渡过英吉利海峡，畅游欧洲，最终定居在意大利佛罗伦萨。

婚后第三年，43岁的白朗宁夫人生下了儿子贝尼尼。在孩子两岁的时候，他们回到了英国，但她的父亲却不允许她回家。他拒绝见他们，连孩子都不见，甚至把她写给他的信件全部退了回来。伊丽莎白苦笑着摇摇头，父亲可以不认她这个女儿，而她却永远不会怨恨父亲，因为拥有爱的人也拥有宽容。

白朗宁夫妇在一起生活了15年。1861年6月29日晚上，他们在院子里坐着聊天，后来她感到倦了，就偎依在白朗宁的胸前睡去。睡了几分钟，她的头忽然垂了下来。白朗宁夫人躺在她最爱的人的怀里，离开了人间。

你是我的药，有效期15年。

可可·香奈儿

风为裳

一

在可可之前，她叫嘉帕丽尔。

她是母亲病逝后被父亲遗弃在孤儿院的孩子。

长大后，她在裁缝铺里求生计。像日子黯淡无光的灰姑娘，命运也不忍看她年华如此蹉跎下去。一次，她在咖啡馆里唱那首她小时候唱过的《CoCo》时，军官艾提安爱上了她。他叫她可可。

生活仿佛是一卷无限延展的美丽油画：她跟着艾提安去了乡下的庄园，漂亮的古堡，衣着华丽的仆人，血统高贵的骏马，可以狩猎的森林……当然，还有情窦初开，最甜蜜的爱情……

艾提安的旧情人一次次提醒着她：她不过是他当下喜欢的一个女人，会过期的。

而她，要的是他全部的爱。

人生总会在某一个小弯处发生一段小插曲，进而就那么逡巡地绕过去了。

在她练习骑马的某个清晨，在一条稍显逼仄的小道上，一个英国男人开着老爷车急驰而过，惊吓了她的马。

她恼怒地回到家里，发现他正坐在客厅里。

他是艾提安最好的朋友鲍伊·卡柏。艾提安说这个英国佬又粗鲁又暴力，他接手了他父亲的矿山并把它做大。艾提安说：“他从不提他母亲。”

她对鲍伊并无好印象。

二

她在服装上的独特品位逐渐显现出来。

她穿着马童的长裤骑马，她戴自己做的帽子去看马球比赛，她从巴黎买来做帽子的材料，她想在巴黎开家帽子店。

鲍伊很欣赏她的想法。在他的眼里，她是颗珍珠，而艾提安只是把她当成了一颗新鲜的石子。

马球比赛后，她对鲍伊的印象变得深刻。他第一次跟她聊起自己的母亲。她是个犹太人，唱歌剧。他的父亲让她放弃了事业，却在她生下他之后，抛弃了他们……

可可和鲍伊就这样彼此被吸引。

鲍伊教可可开车。嫩绿的田野、葱郁的树木、天鹅绒一般的蓝天，还有两个人快乐的笑声……车子七扭八歪地坏在了路上。

下起了雨。她穿着长裙，瑟瑟发抖，鲍伊脱掉身上的奶白色风衣给她披上，两个人在风雨里撑着一把伞往城堡里跑，在城堡外面，鼻尖碰着鼻尖，眼睛望着眼睛，彼此听得到对方的心跳……她的目光黯了下去，推开伞逃开了。

艾提安在马厩跟鲍伊说他爱上了可可，她与众不同，他要娶她。

第二天清晨，她起来时，窗外有汽车声，她跑出去，鲍伊的车子已经开远了。他没跟她告别。

说娶她，不过是艾提安击退情敌的手段。他终不肯把她光明正大地介绍给家人，他说："娶或者不娶，只要在一起，没什么两样。"

她终于看清了面前的这个男人，他能给的不是她想要的生活。

她选择了去巴黎，她不要依靠男人生活，她要靠自己开创一项事业——属于可可·香奈儿的事业。

三

巴黎寒冷的冬天，冰冷的出租屋里，堆满了她卖不出去的帽子。各种账单纷至沓来。房东缩着手向她催账。

门响了，拉开门，鲍伊阳光般的笑脸出现在她的面前。原来，他也在巴黎。

她试图掩饰自己的窘境，债主们却丝毫没给她这个机会。他替她还了账。

在嘈杂的咖啡馆里，咖啡的余香袅袅升起。

她介意他没说再见就离开。

他深情地看着她，说：“我给你写过信。”

她诧异，自己从没收到过他的信。

他说：“因为我从没寄出过。我只想告诉你，我每时每刻都在想你。”

他帮她找了店铺，他要给她一个施展才华的舞台。

在她的门外，他向她表达了爱意，她却退缩了。她害怕他是另一个艾提安。门缓缓地在她和他之间关上。

他离开了好多天。她的心里长满了思念的荒草。

好在他出现了，共舞一曲探戈一诉相思。她终于明白他是她此生挚爱，她再也不希望他离开了。

可是，战争爆发了。

四

鲍伊去了前线。临行前，她将自己亲手做的白色丝巾戴在他的脖子上。她等着他平安归来。

她开始了一场时装革命，用最简约的设计、最简单的面料，做舒适便于工作的女式服装。战争让贵妇们失去了仆人，一切都得自己动手，她的服装尽管有很大争议，却还是赢得了市场。

战壕里，鲍伊读着她的来信。她告诉他，自己变了很多。她再不会向他提很多要求，追逐成功，她只想跟他在一起。

她让他答应自己：永远不要离开她。

战争结束了，他们约好一同去伦敦参加他的新书发布会，同时度蜜月。

命运再一次戏弄了他们。

她最好的朋友举行婚礼——她们曾一同走过最艰难的岁月，她不能去参加他的新书发布会了。她以为，未来的日子还很长，他们总会在一起。她跟女友说，只要鲍伊求婚，下一秒她就嫁给他，没有任何要求。

在伦敦的新书发布会上，鲍伊遇到了父亲的教女戴安娜，她告诉鲍伊他父亲年老多病，希望见到他。

可可还在巴黎的时装店里忙碌，好事者将刊有鲍伊与戴安娜的报纸拿给她。鲍伊不能兑现承诺，他将娶另一个女人为妻。

五

她与他隔着一张咖啡桌的距离。

她的手里燃着一支烟，向他求证那个早已铁证如山的消息。

他说：“是的。”

她的目光里闪过绝望。她强撑着说：“娶个家庭背景都很好的女人做妻子，鲍伊，你的选择是正确的。你说过家庭对你而言不重要，都是假的。我也愿意牺牲一切，换回我父亲的爱……”

她低头饮泣，他默默无言。

或许是从未拥有便万分渴望，他选择了亲情。而她，最担心的事终成事实。可是她说：“一切都是我的错，当初你说要娶我时，我害怕自己的情感……你做你喜欢做的事吧，别担心我，我会挺过来的……”

她对着镜子剪掉自己的长发，长发可以剪掉，情伤呢？

唯有工作，她为自己的时尚王国倾尽心力。

多少个岁月过去了，圣诞夜，电话突然响起。

“是我。”他说。

他承认离开她是他人生最大的错误，她是他此生的挚爱。他说：“只要你告诉我，你还想要我，我就立刻出现在你面前，对你说圣诞快乐。”

她流着泪说：“我想要你现在就在我身边。”

车子箭一样开了出去，幸福都在前面飞。有什么比思念更急迫的吗？

她为他装饰圣诞树，白色的丝巾抚过他的面庞。往日的幸福历历在目：他教她学开车时的快乐时光；他跟她在海边嬉戏；睡梦中，他睁开眼见到她梨花映春水般的笑颜；最困顿的日子里，她拉开门，他阳光一样照亮她的生活……

他们都在心里默念：这一次，再不松开彼此的手。

却不知，那不过是爱情的回光返照。

她的电话铃声再次响起。是噩耗。

她站在他失控的汽车面前，悲伤水一样漫过心头。

不远处的树枝上，她送他的白色丝巾挂在树梢上，她走过去，摘下丝巾戴到自己的脖子上，泪水滑下来，她深情地吻着白丝巾，阳光透过树叶的缝隙落到她的脸上，她仰起头，她相信她爱的人——鲍伊，永远跟她在一起。

她再不会失去他。

她不再是嘉帕丽尔，她是时尚女王可可·香奈儿，没有什么能把她击垮。

她为纪念这段感情设计的小黑裙，成了香奈儿最具影响力的作品。

那是爱情，最好的纪念。

将悲悯化作责任

张慕一

在走川藏路的时候，我们途经一个叫良多的小乡镇，并在那里停歇，住在大路旁一个藏民用碎石盖起的小旅店里。说是旅店，实际上就是民房，房子的后头便是马棚，有几匹壮实的马在安静地立着，四下里弥散着一股清淡的马的味道。

旅店的大门口，便是静静的街市。大门的两旁有一些藏民用手臂挽着一些藏饰在卖，他们非常安静，像是害怕打破这宁静的氛围，连叫卖声都没有。这时，一个背着小孩儿手挽着首饰的男孩儿吸引了我的目光，确切地说，应该是他背着的小孩儿吸引了我的目光。那个孩子有一双极大极水灵的眼睛，头不停地扭转张望着，像是一只机警的鹤，又像是在帮忙寻找顾客。最后，小孩子那清澈的目光与我的目光交汇时，忽然盯住了我，我仿佛是受到了某种亲切的召唤一般，微笑着走了过去。

接着，那个男孩儿注意到了我，微笑着和我打招呼，并用生硬的汉语问我是不是想买藏饰。我点点头回应着，忍不住伸出手去抚摩他背上小孩儿的脸蛋。孩子就缩起头细声笑了起来……

“你的弟弟好可爱啊！”我对男孩儿说。

男孩儿羞涩地低了低头，脸上两抹高原红越发红了……

接着，我开始问男孩儿：“你弟弟几岁了？”

“两岁半了。”

我一边与他攀谈，一边看他手臂上的首饰。最后，我看上了一个藏银的戒指，顺手戴在指尖，觉得再适合不过了。于是，我便付他钱，准备离开。一抬头，猛然看见他肩背上的那双大大眼睛居然还凝视着我。我终于又忍不住捏了捏小孩儿的红脸蛋——“你弟弟真可爱啊！”

这时，小孩儿忽然躲开了，然后伏在男孩儿的耳边甜甜地叫了一声：“阿爸……”

我顿时惊诧了，有点儿不相信自己的耳朵，这时，小孩儿又冲男孩儿叫了一声：“阿爸……”

我终于听到男孩儿回应了一声：“嗯！”

我的目光在大男孩儿和小男孩儿身上来回打量，大男孩儿整个脸都红透了，令他那抹高原红都显得不那么明显了。

我问男孩儿：“这是你的儿子吗？”

男孩儿回答道：“是的。”

“那你多大了？”

“19……”

我更加惊讶起来，问道：“你……19岁……儿子就两岁半了？”

男孩儿笑了笑，说：“他是我从山里捡回来的。”

这时，我想我的眼中肯定泛起了更大的好奇，令男孩儿不自觉地讲了下去。

“前年，我去山里打柴，傍晚回家的时候，经过在山路旁一个人家，听到房子里不停地传出一阵阵嘶哑的婴儿哭声，显然孩子哭了很久了。于是，我就叫了几声，结果都没有回应，只是孩子一直哭着。我犹豫了一下，就推门进去了。我看到一个小男孩儿躺在炕上虚弱地哭着，好像饿了很久了。我给他喂了点儿水，心想，他家的大人怎么这么晚还不回家。而后，我就转身出去找他的家人。在门前的一条小路上，我看到了一排脚印，于是，我就循着脚印走下去。一路上，我不停地喊着，但是始终没有回应……走着走着，我忽然看到地上满是暗红的鲜血，再往前几步，我看到了倒在地上的两个木桶，再往前，看到远处，一群狼围在一起，分食着自己的‘猎物’……我忽然明白是怎么回事了，我不敢再待下去了，于是回到房子抱着孩子下山了……”

“后来呢？”我有些迫不及待起来。

“后来，我就带他回家。向乡亲们一打听，才知道这孩子是一个老人带的孤儿，可是，孩子最后的一个亲人也被狼吃了……”

“然后，你就收养他吗？”

“是的，由于我的阿爸早就过世了，于是，我认他做‘儿子’！”

“可是，你还这么小，才19岁，连婚都没有结，怎么就愿意收养一个陌生的孩子呢？”

“为什么不愿意？他可是我第一个发现的啊！既然是我第一个发现了他，那我就应该把他养大啊！如果我都不管他，那谁管他呢？”

我的心激动得战栗起来。原来，这个男孩儿，不，这个19岁的男人，只因为是自己第一个发现这个可怜的孩子，就马上勇敢地、坚决到不假思索地承担起这抚养的责任。

原来，在他澄净而坚毅的心里，他已然把自己眼前的悲悯化成了一种神圣的责任，并不惜为其操劳一生！

这是多么圣洁而博大的爱啊！你、我、他，这凡尘俗世间有多少人，见识过多少悲情之事，然而，又有几人能将眼前的悲悯化作自己神圣的责任呢？

筷子拿得远的人

刘墉

一

从我记事起，就常听母亲对那些拿筷子位置很高的女孩儿说“将来准会嫁得远远的”这类话，似乎一方面说给那些女孩儿的父母听“你们这女儿不中留，养大就飞了，而且飞得很远。”一方面说给女孩儿听。“将来嫁出去，只怕难得再见到父母几面，能孝顺赶快好好孝顺父母。”

母亲的话倒也有她的道理。“女孩儿筷子拿得远，表示从小就喜欢夹远处的菜，而且，拿得那么靠后面，手一定有力气，这种个性和力量，就让她能高飞。这年头，能高飞的没有不飞的。翅膀一硬，就非飞不可。”

大概受母亲影响，平时我也总是注意女孩子拿筷子的方式。

二

读三毛的《闹学记》中陈伯父写的序言，说三毛出国时，大家去送，三毛居然直直地走向机舱，不曾回头。我吓一跳，心想：将来我女儿大了，会不会也这样，突然想飞就飞了？

儿子最近已经让我有了这种感受。暑假前，我打电话去，对儿子说："在学校好好练网球，回来可以做我的对手。"

他停了两秒钟，居然淡淡地说："爸爸！今年暑假我想在曼哈顿租间房，住在外面。"

我愣住了，告诉妻，她也愣住了。告诉全家，全家都愣住了。

结果，在全家无声的抗议下，他没去曼哈顿住，而是去了更远的北极圈。

三

我常想，是不是每个人心中都有种与生俱来的力量，推着我们离开家，而且离得愈远愈好。

也记得自己在年少时代，读六朝乐府名家鲍照的传略，说他幼年时就有大志，认为大丈夫志在四方，岂能死守乡里，埋没了自己的智慧和能力，"使兰艾不辨，终日碌碌，与燕雀相随乎"。

从那时，我就常想：什么叫鸿鹄之志？什么叫岂可与燕子和麻雀相随一生？我甚至曾经告诉自己，男人可以"爱家"，但不能"恋家"，恋家的难有大成就。

如此说来，我又怎能怪自己的儿子想要远走高飞呢？

四

曾看过一部报道北极狼群的影片。

小狼诞生了，寸步不离地跟着母狼。长大些，则扑来咬去地跟妈妈玩耍。一家狼温馨极了。

渐渐地，小狼长成了大狼。

有一天，它在妈妈身边跑着跑着，突然跑离了家，不见了影子。

母狼站在高处，看了看，转身，低着头回家。

又过些时候，那“孩子”回来了，身边带了一群小狼，在“娘家”不远处，左边撒泡尿，右边撒泡尿，且有母狼走入它撒尿的范围时，龇着牙，发出奇怪的吼声——表示，那是它的地盘、它的家。

五

曾在植物学的书上读过，许多花朵虽然是雌雄同花，但当雄蕊成熟时，雌蕊还没成熟。而当雌蕊开始分泌黏液，可以接受雄蕊花粉时，旁边的雄蕊却已经凋零了。

于是每朵花的花粉，必须到别的花或更远的树上“圆房”。

据研究，只有这样“远交”，才能避免近亲繁殖，有优生的效果。

六

我常想起那站得高高的、张望着孩子远去的背影的母狼，也想起三毛、撒哈拉和西藏纪念文成公主的大昭寺。

不论是人、是兽、是植物，当他们成熟时，内心就会产生一种声音、一种力量，说：“飞吧！愈远愈好。这是生物进化当然的道理。”

我也愈来愈佩服那些小小年纪就把筷子拿得很远的孩子，心想：看！他们的手多有力气，他们的眼光多么远。今天，他们站起来，伸着胳臂，在一桌大人的注视下，夹起离他最远的一块肉；明天，他会站起身，甩甩头发，在一群亲友的注视下，走向机舱，走向他向往的世界。

忘记了整个世界，却从未忘记你

青春期的N个片段

回到唐朝

我初三那年，正流行Beyond的歌曲，满大街的音像店都在播放他们的歌。学校里也满地疯子，不管是谁，只要是男的，都得会吼几句Beyond，否则就有Out掉的“危险”。

我常穿一条布满破洞的牛仔裤，像个小公鸡一样骄傲地昂着头在校园里游走。老妈搞不懂我为什么要把好端端的裤子弄破，大骂我暴殄天物。我对她的保守思想嗤之以鼻。后来，我拿她给我买升学资料的钱，买了一条很流行的、有破洞和流苏、藏青色的牛仔裤，扬扬得意地向她展示、炫耀，想让她明白什么叫时尚和潮流。结果她丝毫不理会我的良苦用心，狠狠地给了我一记耳光，哭着骂我不孝，不理解她挣钱的辛苦。

其实我只是喜欢那些昭示年轻的东西，希望脱颖而出、特立独行罢了。不只是我，我们这一群人都是如此。那时我们都认为，男生要黑且瘦，才有男人味。我的脸上居然没有青春痘，白白净净的，这让我无比失望。为了有男人味，我开始猛吃炸鸡，据说这东西火气大，可以滋生青春痘。可是一直吃到高中，痘子们才“千呼万唤始出来”，并且“犹抱琵琶半遮面”。它们断断续续、此消彼长，零星地散布在脸上，不但不成气候，而且带来零碎的阵痛。更要命的是，在这所高中里，男女生都以白净为美，以前的标准早已作古了！唉！或许这就是潮流更迭的迅猛性吧。

作为O型血的豪迈男子汉，我常在放学后去给外婆看铺子，站在街道中央大喊：“快来看，随便挑随便拣，跳楼价啦！全场商品打5折！‘益街坊’（广东话：便宜大家的意思）啦……”那时候我还没发育好，喉结还没有凸出来，声音清越高昂，能传到几条街上。

但是，假如远远地看见苗苗的身影，我就会匆忙闪进店里，并且再也不肯出来。地球人都知道，我是喜欢她的。苗苗住我外婆家附近，我在叫喊时很害怕看见她，当着自己喜欢的女孩子的面叫卖打折商品，虽不能说很丢脸，但是总感觉有点儿不太体面。虽然，我是O型血的男子汉，但我还是常常躲藏起来。对于那个青春期的我来说，面子问题十分重要。

有那么一阵子，我和乐仔、阿武一到周末就去苗苗的中学潜伏。我们偷偷溜进她的教室，坐在她的位子上，留下写满酸句子的字条。我在那所学校游荡的时候，常常感叹为什么自己没考进来。乐仔和阿武骂我没出息，连这样的三流中学也向往，简直无可救药了。我狠狠地驳斥他们，说这叫为爱情牺牲，是很伟大的情操！你们懂什么？

可是到底爱情是什么，我都说不清楚。

后来，我和苗苗的关系忽然紧张了。她写信告诉我说，班上有个男生对她很好。再后来，她连我的信都很少回了。我发觉了事态的严重性，决定做件极端浪漫的事拉回她的心，挽救我的爱情。

我首先想到的就是唱歌。那时候，我已经听过许多师兄说大学里浪漫的风花雪月，最流行的就是在有月亮的晚上，到女生宿舍楼下做一只痴情的夜莺，彻夜为某人重复唱单调的情歌。我简直对这些神话着迷到疯了，于是我决定为苗苗办个演唱会。

我和乐仔、阿武把平时玩游戏机的钱积攒下来，扎紧裤腰带省吃俭用买了两把旧吉他，流浪歌手都是这样的——穷，并执着着。然后就是苦练，选的当然是 Beyond 的曲子。在那个小公园里，我们用了无数个夜晚，吓疯了六只寻食的野猫，被巡警叔叔盘问了四次，被老妈追打了 N 回之后，我们的乐队终于成形了。

由于客观条件制约，我们不能在夜晚演奏，所以我们在苗苗午休的时候来了。好不容易等到午休结束，一些女生睡眼蒙眬地从宿舍走出来，可就是没有苗苗。我急了，招呼乐仔和阿武，在大庭广众之下开始弹拨起来。我主音，阿武弹琴，乐仔拍着旧手鼓，节奏和谐。我好像吃了摇头丸一样摇头晃脑地跟着节奏，之后就拉开破铜一样的嗓子唱："细雨带风湿透黄昏的街道……喜欢你，那双眼动人，笑声更迷人……"

音乐一响，效果还不错，许多女生都跑来看热闹。后来，苗苗也跑了出来，我激动得唱得更大声了。曲子结束之后，我对着她大喊："这首歌就是唱给你一个人听的，我喜欢你！”话音一落，女生们尖叫，男生们哄然。苗苗羞红了脸，转身闪进了宿舍。这时，男生那边不愿意了，有人高喊：“臭小子泡妞居然泡到我们学校来了，滚！”接着，几个可乐罐子炸弹般飞到我们面前。乐仔和阿武担心我会激起民“愤命”，拉着我狼狈地逃出了校门。

没想到我们的演唱会那么轰动，很快就传遍了本市各大中学，并且回传到我们学校。但是，苗苗却在那天之后一直不再理我，信也不回了！许多信石沉大海之后，我收起吉他，放弃了那些无用的努力。

演唱会成了一场闹剧，我失恋了。

那天晚上，我和乐仔、阿武在那座还没装修好的商务大厦的楼顶上，决定结拜。我们点燃三根香烟，插在土堆里，郑重地磕头。后来我们又喝了点儿酒，我假借着酒劲儿搂住阿武说：“我再也不相信爱情了。”说罢就呜呜呜地哭起来，像个可笑的孩子。

很快，高考来临了。一场为期三天的考试，在我与青春期之间画上了隔离符。接到大学的录取通知书后，我把所有的破洞牛仔裤、Beyond的磁带和狗牙项链都收好，郑重地装进一个木头箱子里。望着那些伴随我走过青春期的记忆，想起那些年少时的片段，我忽然就笑了。

从懵懂到成熟，从张扬到内敛，仿佛就是一瞬间的事。

咫尺，然后天涯

罗西

二战期间，法国。

战乱里，一对父女被逼将楼房租借给德国军官。当时法国衰败，受尽了侵略者的欺凌。女孩儿是位音乐老师，对德国人恨之入骨，当然初见这位德国军官时也不例外。

渐渐地，年轻的女教师发现这位德国男子的与众不同。他彬彬有礼，对法国人很尊重，而且经常流露出厌战情绪，甚至对德军的做法很反感……女孩儿敏感的心，如凌霜的花蕾，对所有的光辉、温暖都能捕捉到，她感受到一双蓝眼睛里的善良。于是，每日的相见、眼神的交流，渐渐拉近了两人的距离——应该说是心灵的距离，因为表面上她还是冰冷淡然的。

家里那架母亲留下的钢琴，是女孩儿梳理心情的唯一寄托。浮云太远，心事太近，所以钢琴很知心，从每一个键开始触动缤纷的音符、旖旎的心思。一个微雨的午后，这位英俊的德国军官目送女孩儿到她自己的房间后，第一次犹豫地坐在钢琴前，情不自禁地用他修长的手指弹起女孩儿常常弹的曲子。一会儿，女孩儿的门被轻轻地打开，她换了一袭白裙，一脸羞红，但是无言。女孩儿的心弦被他拨弄得不知所措，那熟悉的旋律里，有她旋转的身影，但是她要远远地、静静地听，不发一言——咫尺，天涯。

转眼几个月过去了，这种月光般明净的沉寂并没有被打破，虽然彼此的心灵已经辉映。这天，他们合住的房子里又进来几位德国军官。半夜倚窗发呆时，女孩儿突然发现有人偷偷地在德军车子下安装炸弹……她捂住自己的嘴，惊恐不已。她很清楚，明天早晨当车子发动时，就是几个德国人的死期。女孩儿恨德国人，可她真的不想让那个与她心有灵犀的弹钢琴的军官一起送死。这样的担心，让她很不安：我爱上他了吗？内心有两个声音在不断纠缠、撕扯、挣扎，她不知道该怎么办。她祈祷，却不知道该怎么向上帝说明情况，她仿佛不知道爱情的样子，她只知道他身上有淡淡的薄荷味道，脸上有淡淡的微笑……这样想着想着，她累了、困了，就伏在窗边睡着了。

第二天早晨，她醒来时，那群新到的德国人正要出发，他们坐在车里等候那个军官。

她心急如焚。突然她灵机一动，奔向那架钢琴，狂风骤雨般地弹开了。琴声里汹涌的花海吸引了那个正下楼的德国军官，他深情而怜爱地走向钢琴。女孩儿已经来不及羞涩了，她抬起头来看着他，满眼泪水。军官有些惊讶，呆站着，咫尺间——心跳的距离，他甚至忘了时间……外面的同伴已经发动了车子，并摁响喇叭催促……刹那的巨响，惊醒了呆站着的男子，这时，他的同伴已经与军车一起灰飞烟灭……音乐瞬间停止，两个人也仿佛雕塑般凝固在那一刻。凝视，相知，而不能相拥。

日子仍然在静默中流淌，仍然是咫尺，然后天涯，保持那心跳的距离。最后，仗打完了，德国军官必须走，军令如山，他已经不能再继续留在那座楼房里。这是一个阳光灿烂的日子，但是两个人的心里都下着倾盆大雨。要离别了，从他的眼神里可以看出万般不舍。女孩儿仍然一言不发，她抱头坐在房间里，听着男子的脚步声渐渐远去。她的泪止不住地涌出来，那是心雨。心雨，只淋自己的爱和伤心。

最后她还是奔下楼去了，站在那熟悉而陌生的军官面前，欲言又止。终于，她艰难而淡淡地说："再见！"其实今生再也无缘相见了。他也只说："再见！"用不太标准的法语表达，然后转身进了撤退的车子。

目送男子的车子消失在视线中，女孩儿转身回到楼上，在钢琴里抛散所有的落花、音符，还有越来越近的痛。这也是一场爱，明明那么轰轰烈烈、痛彻心扉，可表面上仍是沉寂如夜海。那么漫长的心灵默契，所有对白却只有两个字——再见。

《卡萨布兰卡》里唱道："世界上有那么多的城镇，城镇中有那么多的酒馆，她却走进了我的心。"很多破碎的爱，只能收纳在心里，缝缝补补一辈子。并不是所有的爱都可以在阳光下绽放，有些爱只能留在怀里，温暖那渐渐冷却的伤心。

让我看着你

王焕伟

从母亲住进我们医院的那一刻起，我就后悔自己当初选择的职业了。有那么多的患者能在我的手上康复，母亲的病，却让我无能为力。

母亲的生命进入倒计时阶段，她的癌细胞已扩散到整个胸部。她大口大口地咳，把她鲜红的生命汁液一点点咳尽了。母亲每咳一次，我的心就被绞杀一次。我能为你做什么，哪怕能替你挨一个小时的疼痛，让你睡一个小时的安稳觉也好。可是，我什么也不能，只能白白地担着那家医院最好的外科主治医生的名誉。我丝毫没有办法留住母亲。

午后的阳光照在洁白的病床上，我轻轻地梳理着母亲灰白的头发。母亲唠叨着她的身后事。她说她走后不要待在城市里，因为这里太吵了，她要找一个有山有水的地方休息。她说她早在来之前就已准备好了自己的老衣，可惜还少了一条裙子，希望我们能尽快给她准备好。说这些的时候，母亲的脸上始终挂着平静祥和的笑，不像是谈死，倒像要去赴一个美丽的宴会。我的泪，再也忍不住，一滴又一滴地落到母亲的头发上。母亲爱美爱干净，一辈子都没有改变过。离开，都不忘记要体体面面地去。

母亲的病房，离我的办公室仅有几步之遥，可她从来没有主动要求我去她的病房。每一次去，她还忙不迭地向外赶我，她说还有很多病人等着我，她嘱咐我一定要像对待自己的家人那样对待病人。其实，我很清楚，每一次离开母亲的病房，身后那双依依不舍的眼睛会随着我的身影一直拐过屋角。我用分钟来计算着和母亲相守的幸福，母亲却用秒钟来计算着能看到我的时光。有时候，她会硬撑着下床来，悄悄地站在我办公室的玻璃门外，静静地看着我。那是我几次偶然抬头时看到的。与我的目光相遇时，母亲马上像个孩子一样退回去，费力地转身回到病房。母亲在拼着最后的力气关注我。

那天与一位病人的家属争论，也许是因为自己情绪太激动了，竟忘记了和我只有几步之遥的母亲。有一个年轻的女孩子急需眼角膜，恰巧医院里来了一位生命垂危的年轻人。出于一个医者的责任，我劝那个年轻人的家长捐献出孩子的眼角膜。年轻人的父亲同意了，不想他的母亲却发疯般地找到我，说我根本不配做一名医生，也不配做一个女人，因为我根本不懂得一位母亲的心。她说她绝不允许任何人动她儿子一根毫毛，哪怕他不在这个世界上了，我从医以来，什么棘手的问题都碰到过，却没遇到过这么难办的事情。一边是女孩儿的母亲苦苦哀求，一边是男孩儿的母亲拼命守护。最后，也许被我劝得急了，那位悲痛得发狂的母亲突然大声地说：“你觉悟高，怎么不让你的家人来捐献？”我一下子愣在那里，顿时失声。是的，平心而论，我能那么做吗？

母亲是何时出现在我办公室门口的，我竟然一点儿都不知道，直到听到那声熟悉的呼唤。我抬起头，看见母亲正泪流满面地立在那里，她对我说：“孩子，你看妈妈的眼角膜能给那个孩子用吗？”屋子里一下安静下来，几乎所有的目光都投向母亲。我几乎不敢相信，这话是从母亲嘴里说出来的。母亲最不能忍受的就是残缺，可她竟然情愿让自己残缺着离开这个世界。看大家都在惊愕地盯着自己，母亲的脸上忽然现出少见的一点儿血色。她挣扎着走到我面前，静静地盯着我看了足足有一分钟，然后，我听见母亲轻轻地在我面前说：“孩子，我想看着你，让我看着你！”

泪水狂涌而出，我第一次在自己的病人面前失态。我知道，那是母亲临走之前努力为我做的最后一件事。除去那份依依不舍的深情，她更不想让我为难。

后来，那个男孩儿的母亲含着泪同意了把儿子的眼角膜捐献给那个女孩儿，因为她觉得她儿子的眼角膜毕竟比我母亲的年轻。更重要的一点，她说，她也想让儿子的眼睛，一直看着她。从我母亲的身上，她明白：爱，原来可以用这样的方式延续。

我一生都在等你

〔俄〕维多利亚·托卡列娃　谷羽　王红厂译

一

阿尔塔莫诺娃只考了一次，就很轻松地考上了音乐专科学校。入学考试的时候，她弹了柴可夫斯基和肖邦的曲子，还表演了一些技法。基列耶夫和她一起参加了考试，但是没有考上，他作曲得了三分，只差一分而没有被录取。基列耶夫的乐感非常好，难以弥补的是他弹错了五个音符。当时，阿尔塔莫诺娃很想走到他跟前，对他说，他是所有人当中最有才华的。但她有些不好意思：他也许会把同情当作怜悯，并因此而感到羞辱。

秋天开始上课时，全班聚集到了一起。基列耶夫竟然也在这个班里，显然他是走了后门。音乐就是上帝，学校就是殿堂，现在突然来了个走后门的人，多么鲜明的反差！在班上大家当着基列耶夫的面什么都不说，但是却有意疏远他。对此，基列耶夫也假装不在乎。不过，阿尔塔莫诺娃看到了，并且明白这是怎么回事，心里很痛苦。

在教室里，阿尔塔莫诺娃和基列耶夫通常坐在一排。她替他在餐厅排队，买灌肠和蜜糖饼干。而且每逢考试时，总是提前把自己的提纲借给他。要是基列耶夫说，他看不清她的笔迹，阿尔塔莫诺娃就大声念给他听。

那是考试结束后的一天，他们在阿尔塔莫诺娃家的厨房里自制早餐。他们炸的土豆，是基列耶夫洗的，洗得很认真，好像他一辈子就是干这个的。他们把保加利亚绿辣椒、葱、香肠和土豆炖在一块儿，上面浇上鸡蛋。基列耶夫把这称为“乡下早餐”。阿尔塔莫诺娃觉得这样的食物和词语的搭配很有新意，近乎完美。

为了驱除睡意，基列耶夫坐下来弹琴。他喜欢的作曲家是普罗科菲耶夫；阿尔塔莫诺娃认同的却是柴可夫斯基。柴可夫斯基的曲子多么优美啊，屋里的墙壁多么好看啊，生活太美好了，阿尔塔莫诺娃萌生了爱情。

一开始，阿尔塔莫诺娃并不知道自己爱上了基列耶夫，只是有时候会想他。当时所有的人都知道，阿尔塔莫诺娃也知道，基列耶夫娶了个妻子叫鲁菲娜。结婚的时候，他刚二十岁，可鲁菲娜已经三十岁了。她漂亮得难以形容，以致基列耶夫被迷得神魂颠倒，把她从一个大人物那里抢了过来。为了纯粹的爱，鲁菲娜搬出了五居室的房子，然后和基列耶夫开始了共同的生活。这时，鲁菲娜看到了差别：床铺、餐桌的摆放位置，还有餐桌上的食物，和从前都不一样了。

基列耶夫在露天舞场和婚礼上挣外快，他把微薄的薪水装在信封里连同一直难以消逝的愧疚都交给鲁菲娜。鲁菲娜不满意，基列耶夫也抬不起头来。这一切阿尔塔莫诺娃都知道，不过，了解归了解，却于事无补，一切照旧：没有基列耶夫，她简直无法呼吸。

要好的女友听到阿尔塔莫诺娃讲了好长时间，说："你要是实在忍不住，就告诉他，这样你就会平静下来。"

说，还是不说？整个四月和五月，阿尔塔莫诺娃都在思考这个问题。

说吧，万一他不需要这份感情呢？爱情是高尚的，阿尔塔莫诺娃怕伤害自己的自尊心。或者他可能回答："我喜欢另一个女人。"这样，他们俩就不能像从前那样一起在学校食堂排队，一起吃小灌肠，一起喝咖啡；她就不能和他一起去图书馆；她就不能在他们一起乘坐电梯时仰着脸看他了。不能说，也不能摊牌。还有一种可能，一切都说了出来，他只是有保留地同意。于是，她成了他的情人，他会经常看表，变成一个行色匆匆的男人，在鲁菲娜面前的愧疚感更加沉重。这种矛盾不会给他增加幸福。

最好不说，让一切保持原样。

就这样，阿尔塔莫诺娃给爱加了锁，并把钥匙交给了女友。

夏日的一天，门铃突然响起，阿尔塔莫诺娃打开门看见了基列耶夫。他站在那里，表情严肃，甚至庄重，却有点儿不自然。阿尔塔莫诺娃等他说话，他却一言不发。

"你有《儿童乐谱》吗？"基列耶夫终于问道。

“大概有吧，你要它干什么？”

“我想改编，把它编成现代风格的曲子。”

“为什么改编柴可夫斯基的？最好是改编普罗科耶夫的。”

基列耶夫没有回答。阿尔塔莫诺娃发现他喝醉了。

基列耶夫进来后，站在了过厅中间。阿尔塔莫诺娃想，在哪能找到柴可夫斯基的《儿童乐谱》呢？阿尔塔莫诺娃搬来一个凳子，想爬到阁楼上去找。突然，基列耶夫一下子抱住了阿尔塔莫诺娃，一声不响地把她从椅子上抱下来，然后进了卧室。阿尔塔莫诺娃一句话也说不出来，他抱着她像抱个孩子似的。阿尔塔莫诺娃脑子里乱糟糟的：同意还是不同意？他知道自己爱他，非常爱，而且已经爱了很长时间了，这正是个机会。可他一句话也不说，而且还醉醺醺的样子……

第二天，阿尔塔莫诺娃像往常一样给他买了小灌肠和咖啡。基列耶夫吃着东西，眼睛望着空旷的地方。他不记得了，阿尔塔莫诺娃想，要不，问问他？可怎么问呢？问他，你记得吗？他准会说，什么事儿？阿尔塔莫诺娃什么也没有问。

二

社区医生问她要不要把孩子生下来。

“我不知道。”阿尔塔莫诺娃回答说。

“您考虑一下，但时间不要太久。”医生建议道。

阿尔塔莫诺娃有两周的考虑时间。说还是不说？说吧，基列耶夫可能想不起来了，因为他当时喝醉了。假如他还记得，但是又从哪说起呢？如果他不打算改变自己的生活，那就意味着他不想要这个孩子。

她呢，如果想要的话，就给自己生个儿子，最终这是她自己的事情。阿尔塔莫诺娃不知为什么一直坚信会生个男孩儿，小基列耶夫。但是他以后怎么生活呢？所有的孩子都有爸爸，可她的孩子却没有，只有妈妈和外祖母。小基列耶夫甚至连姓都没有，只能姓母亲的姓。

发奖学金那天，阿尔塔莫诺娃到了学校。在取款处她突然遇到了基列耶夫，因为是意外的相遇，她愣在那里，脚好像被钉子钉住了。基列耶夫正站在那里数钱。“现在就告诉……就问……就告诉……”阿尔塔莫诺娃下了决心，但最终还是没有说出口。

进手术室后，阿尔塔莫诺娃回头朝手术室门口望了一眼。她一直盼望着基列耶夫穿着大衣戴着帽子跑进来，抓住她的手说：“差点儿就来不及了！”但是基列耶夫不知道她在什么地方，也不知道她为什么要来这个地方。

阿尔塔莫诺娃两周都没有去学校，她不想去，甚至连电话也不接。即便广播里播报爆发了核战争，她也不会动一下。她整天坐在钢琴前敲打着琴键，弹奏着《儿童乐谱》。

四月一日是阿尔塔莫诺娃的生日，二十岁的生日，又一个十年。全班都来了，基列耶夫也来了，还送了她一尊黏土做的骆驼小雕像作为礼物。

再过十年就是三十岁，人生主要的、有决定意义的事件都发生在这个阶段——二十岁到三十岁之间，然后就开始重复。

阿尔塔莫诺娃从音乐专科学院毕业后，考入了戈涅薪学院的合唱指挥班。大学毕业后她开始指挥少年宫的合唱团。基列耶夫在学校上到三年级就辍学了，据说他在声乐歌舞团上班。

就在二十岁到三十岁之间，将近三十岁时，阿尔塔莫诺娃嫁给了谢尔日科。谢尔日科像所有正统人一样，是个循规蹈矩却又很沉闷的人。阿尔塔莫诺娃对他没有像对基列耶夫那样的爱，她也不需要那样的爱。那样的爱曾让她伤心欲绝，生活本应该保持平和。三百六十天之后他们离了婚，就像来蒙托夫一首诗中所写的那样：没有爱的愉悦，分手也没有忧伤。

三

四十岁对于女人来说是青春不再的年龄，可四十岁的阿尔塔莫诺娃看上去比二十岁时还漂亮：以前瘦削，现在变得清秀了；曾经胆怯的性格变得平和，对自己的事业也变得自信了，甚至还有一点儿所谓的个人优越感。还同过去年轻时一样，她在期待着什么。也许在期待着基列耶夫的出现，但她自己并没有表现出主动性，即便遇到她和基列耶夫都认识的熟人，她也从不打听……

基列耶夫已经四十多岁了，对于声乐歌舞团来说他已经老了。此时，基列耶夫的妻子鲁菲娜到了退休年龄，她一直没有生育。他们还住在那个由政府负责管理却不负责维修的中世纪的二层楼房里。他们把二层出租给了合作商店的职员，希望他们修复房子并安部电话。鲁菲娜指望从合作社的职工身上挣到钱，她对基列耶夫已经不抱什么希望了。

没能生下来的儿子一直存在于阿尔塔莫诺娃的生命当中，就像隔墙的音乐，尽管声音低，但能听得到。而且时间越久，思念就变得越来越强烈。对她来说，一个人的生活实在有些空虚。

在少年宫，阿尔塔莫诺娃和瓦赫丹戈交上了朋友。瓦赫丹戈是一个正规剧院的正式演员，但领导不让他扮演他想演的角色。瓦赫丹戈很郁闷，看不到什么出路。他的爱情也是一波三折，尽管他是个美男子，但是没有钱、没有房子。阿尔塔莫诺娃一边听他倾诉，一边递给他一些面包片。结果她爱上了他，因为他的种种不幸。

他们结婚了，然而一直没有孩子。阿尔塔莫诺娃去看医生，一个女医生告诉她："不可能怀孕了。"这就是基列耶夫的拜访给她造成的后果。他当时想要什么来着？好像是柴可夫斯基的《儿童乐谱》。

瓦赫丹戈每月给他在库塔伊希的母亲打一次电话，并悄悄地说："没怀孕。"母亲对儿媳妇很不满意。

他们还是没有孩子，但是在阿尔塔莫诺娃看来，瓦赫丹戈完全像个孩子，他代替了儿子的位置，她要给他煮饭洗衣，还要安慰他，给他零花钱。

一切都结束了，结束在一个晴朗的日子里，就像瓦赫丹戈感觉的那样，结束在一个空荡荡的地方。瓦赫丹戈在给他妈妈的一次例行电话中说："还没怀孕。"阿尔塔莫诺娃一把夺过他手中的话筒，对婆婆说了几句不该说的粗鲁话。瓦赫丹戈的妈妈什么也没听明白，可瓦赫丹戈明白了，他们的日子过不下去了。

四

在阿尔塔莫诺娃的婚姻亮出红灯的同时，合唱团却兴旺了起来，不断壮大，还去保加利亚、中国和美国演出过。演出场次很多，有时一天有两场音乐会。台上台下都在传唱阿尔塔莫诺娃的歌曲，银行存折上的钱也如沼泽中的泉水，刚取走就又满了，源源不断。多好啊，钱！象征着自由和独立，可以吃山珍海味，可以穿华丽服装，可以出入坐车。在一个晴朗的日子里，她得出结论：她有自己的事业，她不需要最出色的丈夫。事业可以供她吃、供她穿，让她享受、让她旅行、让她结识朋友，给她社会地位……有哪个现代的男人可以给她这么多？阿尔塔莫诺娃驾着车沿着车道行驶，而在人行道上，那些只挣两百卢布，并且其中一百卢布要买酒喝的男人们鱼贯而行。她开着车高傲地驶过，那感觉真好。

一个著名的管风琴家来莫斯科巡回演出。音乐会结束后，阿尔塔莫诺娃乘地铁回家。坐扶梯往下走时，她陷入沉思，当看见面前站着基列耶夫时，她一点儿也不感到惊讶，只是觉得应该说点儿什么。

“啊，你也来了！”阿尔塔莫诺娃用轻快的口吻说。基列耶夫跟从前一样没有多大变化，只不过是另一种样子，像是外省来的老同志。阿尔塔莫诺娃知道，近年来基列耶夫在餐厅弹钢琴，听说他还酗酒。他们站着互相望着对方。

“你好吗？”阿尔塔莫诺娃问。

“还好。”

“天哪，”阿尔塔莫诺娃有点儿害怕，对自己说，“我差点儿因为这个人毁了自己的一生！”

“你怎么走？”他问。

“我往右拐。”阿尔塔莫诺娃说。

“我往左拐。”

没办法，还像往常一样，他们总是各奔东西。

阿尔塔莫诺娃突然想说：“知道吗？我们曾经可以生个孩子。”

但她没说，无法挽回的事情说它还有什么意义。

“那好，再见。”阿尔塔莫诺娃与他告别。

“再见。”基列耶夫回答说。

列车来了。阿尔塔莫诺娃心里却慌乱起来，好像这是她生命中的最后一趟。基列耶夫还站在站台上，人流把他挤来挤去，但他没有觉察到。阿尔塔莫诺娃看了他一会儿，然后列车进了隧道。车厢轻轻地摇晃着，她心里空荡荡的。

突然间她明白了，因为自己的犹豫——说还是不说，问还是不问，她毁了他的生活。要不是医生建议不把孩子生下来，儿子也快三十岁了，听完音乐会他们将一起回家，她会对基列耶夫说：“认识一下，这是你的儿子。”即便这样又能怎么样呢？他站在站台上，像三十年前没有被音乐学院录取时一样尴尬。

阿尔塔莫诺娃为他失掉的天才感到痛苦。她又像当年一样想乘车回去告诉他：“所有同学中你最有才华，你的天赋还没有完全丧失。”

“下一站是白俄罗斯站。”一个女播音员的声音。

阿尔塔莫诺娃抬起头来想：奇怪，我可是在白俄罗斯站上车的，也就是说，列车绕了整整一圈又回到了这个起点。

基列耶夫还站在原来的地方。当车厢门打开，人们上下车时，阿尔塔莫诺娃看见了他。阿尔塔莫诺娃在最后一秒跳了出来，走到他跟前问道：“你在这做什么？”

“等你。”基列耶夫简短地说。

“为什么？”

“我一生都在等你。”

青葱岁月里的绿围巾

周衍辉

我平生第一次收到的女孩子的礼物是一条围巾，墨绿色的，不是纯毛的，摸上去有些硬，针法也不够精致，但很暖和，围在脖子上，毛茸茸的，还有一股淡淡的清香。

我想要一条这样的围巾已很久了。那年，我16岁，上初三，开始讲究穿戴了。我有一件很漂亮的咖啡色羽绒服，里面套一件红色的毛线衣，鸡心领的，很好看。美中不足的是，我缺少一条围巾，那种既保暖，又能搭配出效果来的。可是我的母亲不会织毛线。在我的印象中，那似乎是年轻女孩子的专利，班上几乎所有的女孩子都擅长此道，一对银针或竹针，一团毛线，在修长手指的摆弄下，缠缠绕绕，上下翻飞，还不耽误聊天，真是神奇。我一直为没有一个姐姐而深以为憾，否则，我也可以有一双漂亮的手套，或者一条暖和的围巾了。

那年隆冬的一天，我因为感冒没去上课间操。当教室里空无一人时，不知为什么，同桌桌洞里的一条紫色围巾引起了我的注意。虽然那条围巾有些旧，也有些脏了，但我还是鬼使神差地抽了出来，不自觉地围在脖子上，对着窗户玻璃左右端详……这时，教室门突然被推开了，随着一股寒风进来的是坐在我前面的英子，她的脸冻得通红，搓着手，可能是回来拿什么东西的。那一瞬间，我的脸“刷”地一下红了，想扯下围巾放回去，却已来不及。我窘迫极了，将围巾抓在手里，一时不知如何是好。英子一愣，随即好像明白过来，脸一红，冲着我笑了笑，说：“天太冷了，我回来拿手套。”说完，从桌洞里抓出手套就匆匆离开了。

坐在教室里，我的脸火辣辣的，难受极了。偷围别人的围巾本来就不是光彩的事，况且又让一位女同学撞见了，传出去我还能在同学面前抬起头吗？不过，当时我就有一种直觉，英子肯定是不会说出去的。怎么说呢，一是因为她和我外婆是一个村子的，相距也不远，两家的关系很不错的。另一个原因是，我觉得她好像一直对我有好感。比如说在课下她经常问我数学题；在上学、放学的路上，几乎天天都能不经意地碰到她；在我忘带课本的时候，她会悄悄地将她自己的书递给我，然后和同桌看一本；每次发下作文本，她会不声不响地拿过我的本子读我的作文……所以，就有个别好事的男生常常开我的玩笑。我总是一笑了之。

那时的我，瘦瘦的，其貌不扬，还有些腼腆，除了学习成绩好一点儿外，别无他长。而英子呢，应该说长得还是不错的，高高的个子、削肩、蜂腰、瓜子脸、尖下巴、肤色白皙，是个美人坯子。唯一让人遗憾的是她走路的姿势不好，有些罗圈儿腿，走路时还仰着脸。在我们当地有“低头汉子仰头婆”的说法，是说这两种人都是性情乖戾的人。事实的确如此，英子是班里有名的“小辣椒”，口舌伶俐，得理不饶人，很多男生都对她敬而远之。我自然更是没往别的地方想，平日里连话也很少跟她说。

但不管怎样，再见到英子时我还是有些不好意思，英子却像什么都没看见似的，跟同学说说笑笑，连瞅都没瞅我一眼。我的心这才慢慢放松下来。

过了几天，下午放学后我因事耽搁了一会儿，一个人骑着自行车急急往家走。刚出校门，听见有人叫了我一声，回头一看，竟然是英子，她站在路旁，自行车支在一边。我疑惑地停下车子，看着她，还没等我说话，她快速地从书包里掏出一个鼓鼓囊囊的红色塑料袋递给我，说：“给你。”说完，脸一红，推起车子急匆匆地走了。

我一愣，打开袋子一看，是一条墨绿色的围巾，毛茸茸的，在寒风中竟像火一样灼痛了我的手指。我飞快地将围巾塞进书包，又前后看了看有没有人，才跨上车子飞一般向家中奔去，心在怦怦直跳。

晚饭后，写完作业，回到房间，从书包里拿出围巾，用手摩挲着，一时心乱如麻想：英子为什么要送我围巾呢？她的脸为什么红了呢？莫非她真的是……我不敢想下去了，又一次脸红心跳起来。我将围巾围在脖子上，穿上羽绒服，对着镜子反反复复地照，确实很好看。

但那条围巾我从未在别人面前围过，甚至连父母都不知道我有这样的一条围巾。那是青葱岁月里的一个秘密，属于我一个人的，当然，还应该有英子。

从那以后，再见到英子时，我虽然表面上若无其事，但心里总是有些不自在，跟她说话，也会莫名地脸红。而英子呢，仍是一副大大咧咧的样子，课下仍旧问我数学题，或者别的什么，就仿佛那条围巾从来没有存在过。但我能感觉到，从她偷偷瞥过来的目光中，却有了一份无言的羞涩……好在，很快就初中毕业了，我考上了师范学校，英子去了一所职高，我们就再也没有见过面。那条围巾，后来由于家中盖了新房，搬家后也就不知所终了。我也渐渐将它给淡忘了。

再后来，在师范学校读书时，我暗暗喜欢上了一个女孩子，很喜欢。我犹豫再三，徘徊了很久，终于在一个花香袭人的晚上，在教学楼门口等到了下晚自习后独自回宿舍的她。我冒冒失失地将一本她喜欢的席慕蓉诗集递到她手中。那一刹那，看着她错愕的表情，以及犹如捧着烫手山芋般的样子，我一下子变得面红耳赤，飞一般逃进了夜色中……

那一瞬间，我倏地想起了青葱岁月里的那条绿围巾，还有英子那双星星般闪亮的眼睛……我明白了，这就是爱的感觉吧：甜蜜中带着那么一股酸涩，却又是那般纯真、美好。

海棠无香

二月麦苗

每到海棠花开时，我会想起一个人，他说："知道为什么海棠无香吗？"这个人的名字叫朴印祯。

那年我24岁，考过两次托福，成绩都很糟。郑昀在越洋电话里说："要不去北京吧。"于是我辞了职，去北京上托福班。那时中关村尚不繁华，甚至有点儿荒凉。白颐路还没建，人们走的是长长的旧式马路，两边有高大的杨树。郑昀去美国后，美国就成了我的天堂，不是因为它多好，而是因为我的爱情在那里安身。

住了三天招待所后，我还没找到房子，那个恓惶。第三天我继续乱窜，一家家打听。在成府胡同，当我走到槐树下那家时，刚好一个瘦瘦高高的男孩儿出来，顶着朴实的学生头，我抓住他问："这里有房子出租吗？”

他愣怔了半秒，说句“等等”，就跑进去了。10分钟后他出来说：“房东说可以出租，月租350块。”我“呀”一声，笑逐颜开。他就是朴印祯，韩国人，汉语说得比我还流利。多么巧，他自己刚租到房就遇见了我，算是邻居了。

朴印祯是个温柔善良的男孩儿，我们很快成了朋友。他有个朋友叫柳石熏，是个公子哥，花钱大手大脚，但人很温和。同是留学生，柳石熏却在北大蔚秀园租了一套两居室的房，他说：“我不像朴印祯，我要体验中国生活。”

朴印祯的父亲在首尔有5家很大的餐饮连锁店，朴印祯想在课余时间学做中国菜，完全可以住四季如春的公寓房，下馆子研究。但他解释说：“最地道的炸酱面是老百姓家里做的。”

来京路上，我已做好寂寞的准备，却未想到会遇上朴印祯。

信佛的祖母，给我起了很佛教的名字——艾杏佛。朴印祯却坚持叫我“幸福”，说那是快乐的名字。我的日子，在遇见他之后真的快乐了。

那时，我白天听课，夜里做题，常常院里人都睡了，我的灯还亮着。9平方米的小屋，除了我和英语，就是寒气。有时朴印祯会敲门，人不进来，就站在门口递给我一杯热牛奶说：“幸福，早点儿休息。”那个温暖，我记得。

周末，朴印祯会来找我。“陪我逛未名湖吧，你要善待脑袋，让它休息一下。”我知他的心意，他怕我累着。

所以，我有一星半点儿的快乐也与他分享。做题之余，我随手涂抹的文字发表了，就拿回家给他看，神态傲然地说：“朴印祯，这是我的，一周的生活费解决了。”他并不会赞美人，只是说一个字“好”。

然后咧嘴笑。

那时，我们是快乐的。

1月考试。考试前夜，朴印祯送给我一条巧克力，说：“你男友不在，我们替他照顾你。”他又给我削铅笔，把小刀、铅笔和橡皮放进透明笔袋。这一切看得我眼湿，他歪头对柳石熏说：“幸福怎么了？我一直想要个妹妹，没想到是个中国妹妹。”

考试后我继续留在北京，除了等待成绩单，就是收发信件和挑选学校，忙碌里我忘了情人节的到来。

那日，在邮局门口看见玫瑰花，我才恍然大悟。郑昀并没打电话来，我打过去却占线。隔一刻再打，就没人接了。其实相处几年，对节日早没了惊喜。可这个冬天不同，我独自在异乡为爱情奋斗，多想听他说一句：“下个情人节，我会抱着你过。”寂寞兜头而下，我回到小屋。

我没想到朴印祯会送花来，他用很心虚的口吻说：“没影响你思念恋人吧？幸福，节日快乐！”他手里端着一盆海棠花，腼腆地笑，“天气暖和了，它就会开花。”

3月底，海棠开花了。那么一棵小树，居然开得密密匝匝，花瓣如指甲盖般大小，胭脂一般红。我嗅嗅，却没香味，朴印祯笑着问：“知道为什么海棠无香吗？”我摇头，他说：“等你长大我再告诉你。”他有时也会像大人一样逗我。后来成绩下来，620分，出人意料的好。他说：“幸福，你可以飞向爱情的天堂了。”我们叫上柳石熏去吃韩国菜，是人大旁边的胡同，那个饭馆可以吃到地道的韩国料理。

那一次，我们都快乐，却没醉。

一个月后签证到手，三个人再次去那里庆祝，朴印祯醉了，醉意里却说："幸福，你走后，给我留下海棠花吧。"

我没想到，到了美国却远离了天堂。

郑昀是粗心的男人，可房间里窗明几净，隐隐还有薄荷的香味。他不会撒谎，他说，曾经和一个台湾地区的女孩儿住在一起，因为寂寞。第二天，我们就分手了，我租房另住。虽然难受，可砖头一样的法律卷宗，砸得我很快忘记了失恋的伤痛。只是偶尔，会在夜里想起朴印祯的热牛奶。

打电话过去，只找到柳石熏，说朴印祯已回首尔。柳石熏说："他喜欢你，你知不知道？那天他本来是在胡同里拍照，结果遇见了你，他对你一见钟情，所以他退掉蔚秀园的房子，去租平民屋。你们两个，都是对爱情很执着的人，可惜不是一对。"

忽然心惊，那是我不曾想到的。

几年后我回国，在厦门找到工作，并有了一个男友。2000 年我去北京出差，是雪天，公事办完忽然想去未名湖。就在我刚踏上湖心岛时，忽听有人叫："幸福！"

只有一个人这样叫过我，是朴印祯。个子还是那么高，身穿蓝白两色的休闲服，整个人沉稳许多，眉眼间去了青涩，添了儒雅。

好一会儿我们没说话，就那么看着傻笑。就是他的朴氏傻笑，哗啦啦扯开我的记忆。我捶他一拳说："你怎么来了？"他说偶尔路过，想来看看。我们去找那个韩国料理屋，旁边的烟店老板说，早拆了，几辈子的事了。可不，几辈子了。他低声叹息道："真不敢相信，我们已四年没见面了。当年你瘦瘦小小，在小房子里读书，冬天那么冷，你竟能坚持到凌晨。"

"我很感谢你送我热牛奶。有一天，我的测验分数很低，你说，幸福，牛奶长智力。”此时夜幕降临，他忽然盯住我的眼睛说：“你知道吗？当年你是我的偶像呢，那么瘦小的女孩儿，对爱那么执着。”

“什么？”

“你对爱情多狂热啊，待在简陋的地方，白天黑夜都学英语。我知道你会成功。”

万里追寻的爱情鸟，还不是飞了。我不知怎么讲，只好打岔道：“你呢，朴印祯，你开中国餐馆没？”

还说了什么，我不记得了。只记得我们去了麦当劳，他问我还待几天，我说两天。他眼神忽然亮了说：“我们去后海划船吧，明天中午我来接你。”

第二天，我用了一上午选购衣裳，似乎在等待什么盛事。我想和他讲一讲我的海外经历。中午12点，一个单眼皮女招待递给我一封信，是朴印祯的留言：幸福，我还是决定不去了，对不起。我以为我可以，可我不能，我很怕再见到你。他消失了，后来整整 年我没有联络到他。再后来，我也结婚了。

某日午后，我突然收到来自首尔的包裹，是一个绿色锦缎的口袋，拆开来，里面挤满了胭脂红的海棠花瓣。一张淡蓝色卡片上写着：你的文字还是那么美，通过杂志社我找到你。我对编辑说，我是你失散多年的恋人。她感动了，给了我你的地址。我怕再次听到你的声音。你结婚了，我祝福你。我把那盆海棠抱回了首尔，有时会想起你。你问海棠为何无香，我想，海棠暗恋去了，它怕人闻出心事，所以舍去了香。

那是第一次，我为了一个解释而落泪。我知道，艳而无香的海棠背后，藏着两个人的青春故事。

夜里疼痛的片段

包利民

一

童年。

一个漆黑的夜里，大雨未歇。偶尔的闪电裂开黑暗，映出疾走的身影。母亲背着我，走在乡间的土路上。我伏在母亲的背上，如身处颠簸的船上。我昏昏沉沉地发着高烧，母亲踏在泥水中的脚步声，如在遥远的梦中。

还是黄昏的时候，雨就开始下了。我走在雨中，心里全是疼痛。那是记忆中母亲第一次打我，因为我偷拿了别人家一块漂亮的小镜子。当时我紧紧地捏着那面镜子，母亲在抢去的时候，镜子突然碎裂，她的手也被划破，鲜血淋漓。

我夜里发起了高烧。当母亲背着我走了4公里的土路，到了镇上的卫生所时，已经快到午夜了。打了针后，我感觉好了些，母亲又背起我走进黑夜，走进雨里。回去后才发现，母亲的手被雨水淋得发了炎。那一刻，心里便有了莫名的痛。

童年如一个无瑕的梦，而我的梦里却有了一块疤，常常疼醒所有的回忆，然后，心被遥远的爱与温暖所湮没。

二

记得一位老师，姓于，极凶悍。当时我正读初中，他是我的班主任。他对所有的学生一视同仁，不管学习好或不好，都是同样的严厉。大家都不喜欢他，有时也故意气他。他有很严重的肺病，一生起气来就会剧烈地咳嗽，咳得上气不接下气。所以，每当他开始咳嗽时，就意味着他很生气，有人就要倒霉了。

我那时学习偏科，数学极好，几乎每次都是最高分，而别的科目就很一般了，为此于老师没少对我进行暴风骤雨式的管教。我一直对他没有好感，常感叹自己命不好，初中最美的3年时光，会遇到如此不堪的老师。

我曾偷偷地报复过他一次。那个冬天，有一次我去县里参加数学竞赛。临走时，我用圆规把于老师的自行车轮胎扎破。这样一来他就无法去县里，也就没人在我耳边大呼小叫了。

可是当我从考场中走出时，看见冰天雪地里，于老师正艰难地走来。10公里的路，不通车，零下20摄氏度的天气，他竟然真的走来了。

他大步走到我面前，胸口起伏着，呼出大口大口的白雾，然后咳得弯下腰去。我的心惴惴的。果然，他咳喘稍平，立刻对我吼道：“考得怎么样？要是拿不了第一，看我怎么收拾你！”他的眼睛红红的，竟吓了我一跳。

后来我才得知，那个早晨，于老师的父亲去世了。而他刚刚安排好父亲的后事，就急匆匆地向县里赶来，只为来看我竞赛。许多年间，我都没有太多的感激或者感动，直到有一天，听闻于老师因肺癌离世，我才如梦初醒。而醒后，疼痛如水漫过，那个冬天的上午，他的身影、他的咆哮和他红红的眼睛，成为心底最温柔的伤，一次次逼出我的泪水来。

三

那一年，在一个离家千里的陌生城市，我因胃病住进了医院。

一个大病房中，住着十几个患者。那时胃一疼起来，仿佛全身所有能感知的痛都集中到胃上。我蜷缩在床上，双手紧按胃部，脸上全是冷汗。

邻床是一个13岁的小姑娘，先天性心脏病，嘴唇深紫，瘦瘦的脸上，一双大大的眼睛闪着好奇。有一次，我疼得翻来覆去的时候，她忽然来到我床前，拿着一块手帕给我擦额上的汗。她的手上全是密密麻麻的针眼儿。她说：“叔叔，你很疼吧？我给你念书上的故事，就不疼了。”然后，她拿起一本书，给我朗读起来。

这个孩子，曾经两次被送进急救室，身上插满了管子。更多的时候，她只是躺在床上看书，或者轻哼一些歌曲，凝神看着输液管中的液体一滴一滴地落下。只有母亲在护理她，母亲在的时候，她的笑容比平时都多，夸母亲的饭菜做得好吃。只是从没见她喊过疼，即使发病最严重的时候，她也只是咬着唇。

那个有着暖暖阳光的下午，女孩儿终于走到了生命的尽头。她拉着妈妈的手说：“妈，现在一点儿都不疼了！”然后，她苍白的脸上露出笑容，紫色的嘴唇如花绽放。那一句话，那一朵笑容，使周围的每一颗心都剧烈地疼起来。现在想来，那个永远也跨不过13岁的女孩儿，却成为我心底永远的痛与怀念。

火车上的爱情

范春歌

许多浪漫的故事总是在旅途中发生的，而旅途中发生的浪漫故事常常离不开火车这个道具。

在这里我想讲述的也是一个发生在火车上的故事。

有一年冬天，她出差前往西部的一个城市。她的先生要到火车站送她，被她拒绝了。她常常出差，也常常拒绝先生到车站送她。先生是个善良的人，身材高高大大的，只是因为性格木讷，高大倒使他显得有几分笨拙。这个感觉是她告诉我的，她还说，最难忍受的是他夜间震天撼地的鼾声。还有，他不幽默，也不风趣。当时嫁给他，是因为年过三十的她已经到了不得不嫁的年龄。再说，对方是个硕士研究生，那个年代这个文凭也很诱人。婚后，她一直很后悔，认为自己如果再耐心地等待下去，说不定到了五十岁还会遇到一个像老派电影明星派克那样儒雅风趣的男人。

她总盼着出差，好在她的工作出差的机会很多。每次出差对她来说就像是过节，因为可以暂时逃离沉闷而毫无浪漫色彩的居家生活。走出家门的那一刻，她就像鸟儿飞出笼子，她怎么会同意先生送她到车站呢？拎起行李关上房门的那个瞬间，随着门砰的一声响，家里的一切便与她隔绝了。

这一次出差，她的心情与往日还有所不同。在去那座西部城市的途中，她将经过她少女时代生活过的一个小城镇。20世纪中叶，西部的很多小城镇都是由于城市中工厂往大山中的迁移而诞生的。

她一直倚窗而坐，入神地眺望着窗外的景色，哪怕火车穿过一条条长长的仿佛没有尽头的隧道的时候，她也在黑暗里大睁着眼睛。从登上这列火车的那刻起，她就在想念一个人。不，她发现多少年来，她一直在默默地想念他，连同他的笛声。

当年，刚刚高中毕业的她因病没有和同学们一起下乡当知青到农村务农。等待街道安排工作的那段时间，她有时会到小城倚山的公园里看看书。身体不好的她多愁善感，林黛玉似的见花落泪。那个年代没有什么闲人逛公园，再说，山城的人对倚山的公园也不感兴趣。有一次，她发现有个小伙子在杜鹃花丛里吹笛子，瘦削的身材随着悠扬的笛声时而弯下时而摆动，宛若江南老家西湖畔一株随风摇曳的垂柳。从彩云般的杜鹃花丛里飘出的笛声，让浸泡在单调的山城生活里的她怦然心动。

她每天去，他也每天来。可是她看见的总是他的背影，因为她不好意思绕到小伙子的前面去。后来，小伙子消失了，她也到工厂工作了。

第二年的春天，她鬼使神差地又来到公园，虽然没有听见笛声，却遇见了他。他手里的横笛换成了画笔，短短的平头留成了长发，给他瘦削的身材平添了几分飘逸。她仅凭背影就能认出是他。

他主动和她打招呼，于是他们交谈起来。交谈中她得知他是土生土长的当地人，早先在这里练笛子是因为一心想报考音乐学院，但是没考上，又改学画画报，考美术学院，仍然没考上，但学得一门绘画手艺，于是在小城的电影院当了美工。

杜鹃花再次盛开的季节，她随父母回到了江南。和他告别的那天，他在树林里吻了她，那年她二十岁。她幸福得哭了。小伙子说他将不停地考下去，直到考上姑娘所在的那座城市的美术学院。姑娘说，你来时别忘了把笛子带上。

但是，小伙子很快像笛声似的从她的生活中消失了。她曾悄悄地打听过他的去向，然而，人们只知道他走了。

她像所有恋爱中的女人一样，固执而伤心地认定小伙子是因为没有能考上江南的那所美院而无颜见她。她懊悔自己当年没有坚定地留在山城，留在他的身边。人生的这次初恋如同医生揳进伤骨的一根钢钉——时间长了似乎忘记了它的存在，但无论过了多少年，阴雨天的时候，那个地方仍会隐隐作痛。

如今，已过中年的她坐在火车上回想往事，竟心疼得无法忍受。她甚至冒出一个惊人的念头：从西部完成出差任务后，她将重返这座山城去找他——如果他结了婚，他一定不幸福，那么她将告诉他这些年她是如何想念他的。她会等待他结束不美满的婚姻，然后嫁给他。她会让他相信：再大的城市，没有他，也是一座空城；再偏僻的城镇，有了他，就是天堂。

火车呼啸着前进，黑夜很快降临了，她却因回忆、因要作决定而难以入眠。仰卧在上层铺位，天花板上浮现的都是他当年的影子，耳畔回响的尽是那来自杜鹃花丛的笛声。

火车经过一个小站，短暂的停留后，幽暗的走廊里传来脚步声。接着，两个刚上车的男人将行李重重地放在了她身下的铺位。

“快，把烧鸡拿出来，可惜只剩半瓶酒……”其中一个男人催促着同伴。

她翻了个身，过道上的脚灯恰好照亮了那个说话的男人的半边脸庞，她周身的血液顿时仿佛凝固了——即便再过一百年，她也能认出他。尽管他胖了，尽管他那已掺杂白发的长发在脑后束了起来，像一个老摇滚乐手。

这些年她纵然想象过千百种与他重逢的情景，但绝对想象不到此刻这种场面。她屏住呼吸，聆听身下的每一个响动，也聆听着自己狂乱的心跳。

两个男人撕开了一只或者两只烧鸡，酒瓶也打开了，顿时，鸡香与酒香弥漫了黑暗中的半节车厢。他们压低声音谈话，谈话中有抑制不住的兴奋。她断断续续听出来，当年那个在花丛中吹笛的年轻人，那个在花丛中挥动画笔的年轻人，如今正在乡村做收购古董的生意，而且，当天他和同伴显然颇有收获，因为，她听到他们在讪笑一个不识货的山村老妪，廉价地出让了祖传的宝物。

她不敢翻身，虽然她清楚下铺看不见头顶上的人。

她无法形容当时复杂的心情，只有继续听他们的对话。这时，列车又停了一会儿，直觉告诉她当年生活过的那个小城到了。果然，他又说话了。他告诉同伴这儿是他的老家。

她觉得心脏都快从喉头里跳出来了，或许会跳出来落到他们的面前吓他一跳。她等待着听他讲述从前的一切。他笑着说："当年在小城的公园里练过笛子，身子整天弯得像虾米一样滑稽；后来也是为了离开这个鬼地方，又装模作样地学画画，在电影院留下鬼画符似的电影宣传画，还亲过一个女人，那个女人哭得一塌糊涂，把他吓了一跳……"

同伴也笑，问他之前亲过女人没有，他回答说："没有。当时年轻，心情也不好，人寂寞的时候顾不上挑对象。现在回想起来，那女人一副病快快的样子，瘦得像根柴火棒，搂在怀里都硌骨头。我当时浪漫得把她当成了林妹妹。"

他的同伴痴笑着，大概嘴里还含着块鸡肉，说话有点儿含混："难怪，我见你挑的那些女人都是肉团团的，就说你老婆吧……"

躺在上铺的她感觉血液凝固了，身体也僵硬了……她咬着厚厚的被头，知道了什么叫欲哭无泪！车轮轰隆隆地碾过冰冷的钢轨，就像从她心上碾过去一样。奇怪，她已感觉不到一丝疼痛。

忽然，她大笑了一声，后来竟笑出了眼泪。随后一切陷入寂静。铺下的男人惊讶地揣测着说："上铺莫不是睡了个精神病人？"另一位打个呵欠说："那人肯定在做梦。"

不久，从下铺传来两个男人比赛似的鼾声，在深夜里震耳欲聋。

几年后，当她坐在我对面讲述这个故事的时候，也是在火车上。

她的语气很平缓，仿佛在讲一件与她不相干的事情。她说，自从那次出差后，生活变得安安定静静，从此，她再也不向单位抢着要出差的机会了。她这次乘火车是去西部看她的先生，先生在一项供电工程中做总工程师。他们的儿子大学毕业后也当了工程师，儿子和女朋友是在火车上认识的，年底就结婚。

车厢里发出一阵阵欣喜的惊呼，原来窗外飘雪了，这是今年的头一场雪。

列车在漫天飞舞的雪片中呼啸着前进。

爱你风卷残荷

风为裳

1916年11月8日，蔡锷将军在日本病逝，年仅34岁。

小凤仙得知此讯，痛不欲生。高山流水觅知音，他是她人生最大的亮色，谁知只是那么短短的一瞬间，他就如流星一样划过夜空，永远从她的生命里消失了，这让她怎么面对以后的漫漫人生呢？

在蔡锷的追悼会上，送上“不幸周郎竟短命，早知李靖是英雄”的挽联后，小凤仙悄然离开了八大胡同。

此后颠沛流离，嫁过一位师长，师长战死。为生活所迫，她跟了一个厨子，住在沈阳市皇姑区寿泉街三胡同的一座平房里。因为丈夫姓李，四周邻居们都称她“李娘”。她给自己起了个意味深长的名字：

张洗非。

老李是个老实巴交的男人。他隐约知道她是个不寻常的女人，只是，关于过去，她不说，他便不问。她没有工作，只靠他的一点儿微薄收入过日子，他们住的北厢房只有十平方米，家里几乎没有家具，唯一像样的摆设，也就是那只天天上弦叫他起来开工的小闹钟。他总觉得委屈了她。所以，只要她喜欢的，只要他能办到的，他都尽量满足她。

她唯一的爱好就是喝酒，几乎每餐都要喝上两盅。那时，他就会挽起袖子为她弄两个下酒菜，偶尔陪她喝两盅。庸常的生活里因为他的温暖便有了些许滋味。

她唯一的乐趣是听戏。一出戏，她听得如痴如醉，恍如隔世。

对他，对生活，她倒也安之若素。她不讲究穿戴，只是爱干净，常常把几件平平常常的衣服洗得干干净净，穿在她身上，很与众不同。

她随身有个小包裹，那里面有一张照片，是位年轻英俊的军官。他问过一次，她淡淡一笑，轻声回答“是个普通朋友”。

日子风驰电掣往前赶。他们的生活越来越困顿。

她见了一位故人，那是她与从前生活的唯一一点联系。这位故人是梅兰芳。

1951年年初，梅兰芳率剧团去朝鲜慰问赴朝参战的志愿军，途经沈阳演出。她闻讯，很想见见这位昔日在北京的旧相识，并求得他的帮助，遂写了一封信寄给梅。

数日后，她接到梅兰芳邀请相见的回信，她兴奋异常，穿上自己最好的衣服，打扮得像过节一样，去见梅兰芳。

生活忧患，饱经沧桑，故人相见，一言难尽。

经梅的举荐，她到一家幼儿园当了保健员。那是她一生过得最为顺意的日子。她表现得很积极，参加各种活动。

只是，她从不对身边人讲她是谁。在所有人眼里，她不过是个普通女子张洗非。

她已不大记得小凤仙的生活，华裳美服，琴棋书画，迎来送往。然后星火一样遇到生命里的那个男人。他像一道光，照亮了她的整个生命。然后光灭了，她的生命黯淡下去。

她跟李姓男人一起生活了大半辈子。她不曾真正了解他。她只是用他来逃避自己心里的那段记忆。可是，是他给了她一个家的全部温暖。她是明白女子，她何尝不明白，假使蔡将军活着，他们之间，或者也就是一段佳话，如此而已。

而他，用真心待她。他希望她所有的伤都能在平淡的岁月里不治而愈，一如他做的一粥一饭，平常却养人。

她很庆幸遇到他，他一直陪在她身边，给她最平实的温暖。这便够了，不是吗？

当她终于走完了自己曲折的人生道路，他颤抖着把那张跟随了她一辈子的照片放在了她的衣袋里。泪水从他沟壑纵横的脸上流下来。

一辈子，他没对她说过那个爱字。他不是小凤仙或者是改名叫张洗非的女子的知音，但是，有些感情，融进了血液里，比水浓。

那也是爱情。

陪她走完了人生最后每一天的人，不是蔡将军，而是他。

爱你的春光明媚的人无论有多少，爱上你风卷残荷的，一人足矣。

那些爱的“傻事”

王小蕊

有些时候，你往往会做些“傻事”，但你知道，这不为别的，为的是亲人的心……

一

周日回老家，我随口说了一句“在济南根本买不到好的玉米面”。放行李的工夫，老妈就下了楼，一小时后才气喘吁吁地回来，提了一兜子玉米面，说：“是在最好的一家杂粮店买的。”那家店铺在小城的最西边，这样的距离，让她大冬天里出了一身汗。看着她满身疲惫，我连忙埋怨她怎么不告诉我，我可以开车过去。老妈说：“你好不容易回来，休息一会儿。”

走时匆忙，把这玉米面生生忘在了脑后。车行了好几十里路，老妈打电话着急地说：“哎呀，走得忙叨，忘记给你放车上了。”她说等她追下楼时我们的车已经拐出小区了，她老胳膊老腿的，跟着车跑了好一段也没有追上。我安慰她说：“没关系，下次再带。”她叹口气，挂了电话。

车子一直向前。我想象着她追出来的样子：急慌慌地跟在车后，失落地站在马路上，眼睁睁看着我们离开。这么多年，我从没见过她这样子，为了一袋玉米面几乎要哭了。我知道，她老了，眼泪禁不住一点点涌出来。

老公一下掉转了车头，那时，我们已经开出了近百里地。回到家，开门的瞬间，老妈的眉头还皱着，一看到我们，高兴得像孩子一样大叫一声，眉头舒展得万里无云。

这一趟，浪费的油钱比玉米面贵上不知多少倍。但这不为别的，只为了母亲的心。

二

婆婆生日那天，我一大早给她打电话，说买了礼物让别人帮忙捎回去了。我急急地解释说：“不是周末和节假日，孩子还要上学，就算夜里回去了，明天太阳不出就得往回赶，所以……”婆婆赶紧打断我，笑得很高兴也很刻意地说：“不用回来了，一个生日而已，不折腾你们。”

下班回家的路上，我忽然想起，今年是婆婆的母亲去世后的第一年。

这个生日对婆婆来说，一定是苦涩多于快乐。

看看时间，已是下午6点，赶到婆婆家虽然晚了些，总还来得及。于是招呼老公收拾东西，5分钟后拉着儿子就出发了。在车上，我给婆婆打电话说："娘，等我们吃晚饭。"婆婆一再劝我们不要回来，可一听我们已在路上，高兴地连声应着。

回到婆婆家已是晚上9点，婆婆特地到村口迎接。那晚，婆婆一直攥着我的手，连我上厕所也跟着。我忽然明白，在爱你的人面前，怎样的表达都是值得的。

凌晨5点，我们一路打着哈欠踏上归途。但这不为别的，只为了婆婆的心。

三

有一次，老公出差了，我患了急性肠胃炎，上吐下泻地折腾了一上午，只剩下躺在床上出气的分儿。6岁的儿子上百度搜索，看到粥可以暖肚子，于是翻箱倒柜地在厨房里忙活。

半晌的工夫，儿子熬出了一锅半生不熟的绿豆粥。他小心翼翼地盛在碗里，还放了白糖，一口口吹着喂我。明知绿豆是寒性食物，可这时，我又哪里忍心拒绝。

这还不算，他又剥了石榴给我，满怀自豪地爬上床，一粒粒塞到我嘴里。他脏乎乎的小手让石榴的晶莹大打折扣，可我又哪里忍心拒绝。

没多久，我听到他给老公打电话道："我把妈妈照顾得很好，你不用着急回来！"那语气无比自豪，仿佛完成了一件天大的任务。

我喝了那半生不熟的绿豆粥，嘴里还被塞了一把掺着细菌的石榴。

那次的病拖了一阵子才好。我本可以让别人来照顾，但这不为别的，只为了儿子的心。

四

为了庆祝我换工作，公公婆婆执意从老家赶来，要请我们去大酒店吃一顿饭，而且千叮咛万嘱咐，必须由他们掏钱。劝了又劝，他们怎么也不听，似乎这是他们能想出来的最好的表达方式。

无奈，我挑了一家最好的酒店，只要随便吃上几个菜，价钱就会让他们心疼。老公想再劝劝爹妈，被我拦住了，说："所谓孝顺，很多时候是重在这个'顺'字上，这样会让他们开心。"

那顿饭大家都敞开肚子吃，公公席间几次给我看他包里那厚厚的一沓钱，自豪地说："多吃，我管我妮儿一顿饱饭还是没问题的。"最后结账，只花了一百多块，公公说："城里的酒店也不贵嘛！"

下楼的时候，我冲服务生笑了笑，感谢他们的配合。

这顿饭一下子花了我半个月工资。但这不为别的，只为了公公婆婆的心。

这世上的爱有千百种，鲜花是为了夏日的充盈，雪花是为了冬日的洁白。而我，是为了你们的心。

光阴的故事里，你是最刻骨的那一篇

一念清凉

她第一次见他的名字是读一本手写的小说，小说写在一个很大的本子上，名字很怪，叫《绿毛水怪》，她是见朋友读得很专注才借来看的。看完之后，她的心里隐隐有了躁动，就像是心里的哪根弦被偶然拨动，她痴痴地想：这个人和我早晚会有点儿什么关系。

产生这种想法的时候，她觉得自己的脸有些发烫，其实他的小说文笔很稚嫩，可她还是看出来背后有股才气冲腾而出，那上面的每个字符晃得她有些眩晕。

1977 年，她预料中的“有点儿什么关系”终于发生了。这年他们有了第一次见面，是在她供职的报社。见到他的第一面，她心里暗道：

“他长得可一点儿都不帅哟！”可坐下来聊天时，她吃惊地发现25岁的他竟然如此率性，充满童真，话语里闪动着让人无法捉摸的灵动光辉，就像是一道光束，那么干净透亮。

正在聊着的当头，他突然问她：“你有朋友没有？”

她先是一愣，继而很认真地摇了摇头。

他接着问道：“你看我怎么样？”

这句单刀直入的话语让她不由得呆住了，工作了这么些年，身边不乏追求者，但从来还没有人这样直白地问过自己。望着他不算好看的黝黑面庞和一双孩子般纯洁无瑕的眼睛，她又无法说出拒绝的话来。

有了这次接触作为铺垫，他跟她就开始了通信和交往。

第一次收到他的信，打开看的刹那，她愣怔住了，因为这封称得上情书的信竟然是写在五线谱上的。也许是这份特别让她变得饶有兴致，于是细细地看了下去：做梦也想不到我会把信写在五线谱上吧。五线谱是偶然来到的，你也是偶然来到的。不过我给你的信值得写在五线谱里呢。但愿我和你，是一支唱不完的歌。

写在五线谱上的信她又收到了不少，每一封的感情都是那样炽热，似乎每个字都有了温度，烧灼得两个人的心都热腾腾的。但是她对于他始终不肯全盘接受，因为他长得确实不好看，让她心理上颇有障碍。有一天她开玩笑地说起了他的相貌，没想到他竟然颇不服气地说：“那我到动物园爬行馆去比一比。”也许是这句孩子气的话他自知不妥，赶紧补说一句道，“你也不太好看嘛，这样咱们不就扯平了。”

看着他说出孩子般率真的话语，她不觉哑然失笑。

也许正是这样的性格和喷涌而出的才气，最终征服了她。1980年

1月21日，经过3年多的交往之后，他们终于在这一天携手走到了一起。这年他和她都是28岁，而他因为正在读大学，学校规定学生不能结婚，所以他们没有拍结婚照，也没有举行婚礼，只是两家各请了一桌客人，就给了爱情一个相当温馨美好的归宿。

结婚后不久，她去了美国的匹兹堡大学读书。1984年，他也到了这所学校攻读。因为他几乎没有什么经济来源，两个人的生活全靠她一个人的奖学金，日子自然过得紧紧巴巴的。他提出要去打工，但被她止住了，理由温软得令人陶醉——“那么一个智慧的头脑，我舍不得他去干粗活。

日子就这么在惺惺相惜中一点点铺陈开来。四年之后，他们重新回到了相识的地方，在北京大学任教。虽然有了稳定的收入，可他们的日子依然过得简朴至极，在他们的心里，有对方相陪的日子，都是无比灿烂的。

1996年，她要远赴剑桥大学做访问学者，不得不和他分开。在机场临别时，他没有说话，仅仅是走过去用力搂了一下她的肩膀，然后微笑着看她消失在登机口。坐在飞机上，她始终不知道他为什么要选择这样的一种方式作别。

在剑桥大学的日子里，有次收到他的邮件，话语显得格外忧伤：最近特别显老，都不敢往镜子里面看呢！她以为这同样是他的戏谑之语，40多岁的人了，怎么能不显老呢？扫了一眼旁边镜子里的自己，也同样显得老了许多。微微一笑后，她根本没有多想。

可灾祸还是不可避免地发生了，1997年4月11日，他因为心脏病突发而离开了。得到这个消息的时候，她一下子蒙了，她想起了他一直紫着的嘴唇，想起了临别时他搂着她的肩膀，想起了他说的“显得老”的话，原来这些都是预兆啊，只是粗心的她没有发现罢了。

把手头的工作简单做了料理，她就赶回去向他告别，无论如何她都要见他最后一面。

他就静静地躺在那里，却再也无法跟她说话了。她想起了他曾经多次说过的话：“我和你好像两个小孩子，围着一个神秘的果酱罐，一点一点地尝它，看看里面有多少甜。”可现在，他永远无法再拿起汤匙舀这里面的甜了。

他叫王小波，当代文学史上特立独行的一位作家；她叫李银河，社会学界最灿烂的学者。从1977年相识，到1997年王小波离开，他们的爱情正好走过了20个春秋。20年相伴的日子里，他们饱尝了爱情的甜蜜，以至于后来李银河不止一次地说过：“作为他的妻子，我曾经是世界上最幸福的人；失去了他，我现在是世界上最痛苦的人。小波，你太残酷了，你潇洒地走了，把无尽的痛苦留给我们这些活着的人。虽然后面的篇章再也看不到了，但是我还会反反复复地看这20年。这20年永远活在我心里。”